文庫書下ろし／長編時代小説

陰流苗《なえ》木《き》

芋洗河岸(1)

佐伯泰英

光　文　社

この作品は光文社文庫のために書下ろされました。

目次

序章 …… 9
第一章 長屋の新入り …… 10
第二章 道場通い …… 74
第三章 取り立て稼業 …… 138
第四章 一口長屋の秘密 …… 201
第五章 仇《きゅう》敵《てき》現る …… 264

拡大図
根津権現
寛永寺
東本願寺
阿部川町
広徳寺
新堀川
七軒町
中山道
加賀前田家上屋敷
不忍池
菊坂町
麟祥院
池之端仲町
下谷広小路
上富坂町
春日町
湯島天神
湯島切通町
御徒町
三味線堀川
蔵前
森田町
御米蔵
水道橋
下谷御成通
神田明神
外神田
向柳原
神田川
明神下
天王町
昌平坂学問所・聖堂
一口稲荷（太田姫稲荷）
一口坂（淡路坂）
昌平坂
神田佐久間町
浅草橋
柳橋
幽霊坂
昌平橋
八辻原
筋違御門
和泉橋
柳原土手
両国広小路
両国橋
回向院
南本所元町
馬喰町
内神田
雉子橋御門
一ツ橋御門
神田橋御門
三河町新道
小伝馬町
今川橋

北
東
南
西
鐘ヶ淵
千住大橋
荒川
隅田村
三河島
田端
日暮里
千住道
小塚原
隅田川
駒込
谷中
日本堤
寺島村
金杉上町
新吉原
今戸町
千駄木
白山
下谷
鷲神社
山谷堀
今戸橋
浅草寺
小梅村
東叡山
寛永寺
御数寄屋町
根津権現
東本願寺
浅草花川戸町
御薬園
小石川
本郷
中堂
幡随院
広徳寺
阿部川町
吾妻橋
伝通院
不忍池
新堀川
田原町
竹町ノ渡し
菊坂町
三間町
池之端仲町
下谷広小路
御徒町
並木町
駒形堂
蔵前
水戸徳川家
春日町
湯島天神
北割下水
牛込
森田町
石原町
神田川
神田明神
外神田
向柳原
御米蔵
神楽坂
牛込御門
小石川御門
水道橋
天王町
浅草橋
柳橋
御竹蔵
南割下水
番町
昌平橋
筋違御門
和泉橋
柳原土手
両国広小路
本所
市谷
田安御門
俎板橋
雉子橋御門
一ツ橋御門
内神田
馬喰町
両国橋
回向院
竪川
市谷御門
清水御門
神田橋御門
三河町新道
小伝馬町
三河町新道
今川橋
日本橋
本石町
十軒店町
新大橋
北町奉行所
葺屋町
堺町
常盤橋御門
小名木川
麹町
室町
江戸橋
江戸城
半蔵御門
呉服橋御門
仙台堀
深川
日本橋
南茅場町
材木町
西之御丸
南町奉行所
永代橋
鍛冶橋御門
組屋敷
八丁堀
霊岸島
富岡八幡宮
京橋
熊井町
桜田御門
永田町
赤坂御門
石川島
数寄屋橋御門
西本願寺
越中島
山王権現
新橋
築地
佃島
溜池
幸橋御門
汐留橋

【主な登場人物】

小此木善次郎……二十六歳。美濃国苗木藩遠山家に務める代官であったが、藩からの半知通告を受け困窮し、国を出て浪人となる。江戸で、神田明神下の「一口長屋《いもあらい》」に居を得る。

小此木佳世……夫である善次郎と国を出て、二年をかけて江戸に辿りつく。旅の途中で一子、芳之助をもうける。

越後屋嘉兵衛……神田明神門前にある米問屋の九代目。一口長屋の大家。裏の稼業として旗本、大名家などへの金貸し業も営む。

孫太夫……越後屋の大番頭。

義助……一口長屋の差配。善次郎一家を長屋に住まわせる。

吉……義助の妻。

青柳七兵衛……幽霊坂に神道流道場を構える道場主。

財津惣右衛門……青柳道場の筆頭師範。

まむしの源三郎……神田明神下に賭場を開く野分の文太の用心棒。

陰流苗木《かげりゅうなえき》

——芋洗河岸《いもあらいかし》（1）

序章

　神田川《かんだがわ》右岸《うがん》昌平橋際《しょうへいばしぎわ》の堀端に沿って伸びる坂道のひとつが淡路坂《あわじざか》だ。だが、この坂道には別称があって一口坂《いもあらいざか》と呼ぶ住人らがいた。近くの駿河台《するがだい》太田姫稲《おおたひめいな》荷社《りしゃ》についての後年の記述によれば、

「倉稲魂神《うかのみたま》を祀《まつ》る。昔時太田道灌《おおたどうかん》、山城国一口《やましろのくにいもあらい》の里の稲荷を城内に勧請《かんじょう》し此《こ》処《こ》に移す。故《ゆえ》に一口稲荷といふ」

とその出自を述べる。だが、何人も真偽を知らず。

第一章　長屋の新入り

一

文政《ぶんせい》九年（一八二六）の夏、江戸市中の夜間、強盗の類《たぐい》が横行し、幕府は火付盗賊改《ひつけとうぞくあらため》に見廻りを強化することを命じた。

そんな夏、暑さの残る七つ（午後四時）過ぎの刻限、大荷物を入れた竹籠を背負った武士と赤子を負った妻女が昌平橋に姿を見せて、神田川沿いの淡路坂を見上げた。夫婦して初めての土地を訪ねた眼差《まなざ》しだった。

そんな一家を偶《たま》さか御用帰りの義助《ぎすけ》が見ていて、武士と眼が合った。この界隈《かいわい》の住人と気づいた武士が問うた。

「卒爾《そつじ》ながらお尋ね申す。この坂界隈にわれらが住めるような借家がありやなしや、ご存じかな」

「お侍《さむらい》さんさ、神田川右岸は見てのとおり武家地ですぜ。借家はねえな」

「ござらぬか」

「ああ、川向こうには借家はねえが、裏長屋ならあるね。そう、九尺二間《くしゃくにけん》の裏長屋だぜ。まあ、夫婦ふたりに赤子の三人で住めねえことはねえな」

と義助が神田川の左岸を指した。

「さような長屋に空き部屋があるかないか、ご存じないか」

義助が改めて親子三人の風体《ふうてい》を見た。

質素な旅姿だが夫婦の衣類には繕《つくろ》いがなされて清潔な感じがした。それに応対がきちんとしていた。

(まさか赤子を連れた侍夫婦が強盗《ぶったくり》などすまい)

と義助はそんなことを思いながら尋ねた。

「江戸は初めてかね」

「それがし、江戸藩邸にわずかの間、奉公したことがござる。屋敷は芝新堀《しばしんぼり》将監橋通《しょうげんばしどお》りにあった。国許は美濃国苗木《みののくになえき》藩領でござる」

とあくまで丁重な返事だった。

「美濃かえ、遠いな」

「いかにも遠うござる。中山道中津川宿《なかせんどうなかつがわしゅく》を流れる木曽川《きそがわ》の上流にわが藩はござってな、江戸に着くまで二年かかり申した」

「おお、れっきとしたお武家様じゃねえか」

(強盗を案じることはないな。それにしても二年とはどういうことだ)

と思った義助は苗木藩がどこにあるのか見当もつかなかった。

義助の表情を察した武士が、

「苗木藩遠山《とおやま》家は一万二十一石、それがし、代官《だいかん》を務めておった」

「代官かえ、すごいじゃねえか」

と義助が改めて若い侍を見た。

「わが藩で代官と申すと、徒士《かち》身分七石三人扶持《ぶち》にござる」

しばし両者の間に沈黙があった。

「大名家の禄高《ろくだか》が一万二十一石、おまえ様の給金が七石三人扶持、ううーん、それで暮らしが立つかねえ」

国許から江戸まで二年かかったことへの疑問がどこかに消えて話柄《わへい》が転じた。

「代々なんとか暮らしてきたが、数年前、藩からの家臣知行《ちぎょう》・扶持の半知《はんち》通告に国を出ざるを得なくなったのだ」

と侍は淡々と近況を初対面の義助に語った。

「七石が半分の三石半になったら、一家の暮らしはいくら在所《ざいしょ》と言ってもよ、無理だな。それで江戸へと引っ越してきなさったか」

「いかにもさよう。この界隈に仕事は、いやさ、川向こうに住まいはござろうか」

「神田明神下《みょうじんした》にかえ」

と義助は自分が住む対岸に視線をやった。

「住まいを探しているんだったな。今いちど言うが、神田川の右岸界隈は武家地ばかりだ、町家《まちや》はねえ。ただし、ほれ、この昌平橋を渡った湯島《ゆしま》界隈、神田明神下には最前おれが言った、九尺二間の棟割《むねわり》長屋ならないことはねえ。それもよ、川向こうでよ、一口《いもあらい》長屋と呼ばれる裏長屋があるがよ。見てみるかえ」

「たな賃はいくらでござろう」

「えっ、払う余裕があるのか」

「国許を出て、あれこれと稼ぎ仕事をなしたで、なにがしかの金子《きんす》は懐《ふところ》にしておる」

「なにがしかって一体全体いくらだえ」

と義助が初めて会った侍に突っ込んだ問いを放ったが、

「三両二分《ぶ》と銭を少々」

と相手は正直に答えた。

「ほう、旅の間、夫婦でよ、飲み食いにも銭がかかり旅籠《はたご》料も払わねばならねえな。そんな旅暮らしで三両二分をよくも貯めた。えらいぜ、お侍」

と言った義助が顎《あご》に手を当てて確信した。

(この侍一家なら悪さなどに手は染めまい)

「川向こうの一口長屋とやらは、たな賃はいくらでござろう」

払いが気にかかるのか侍が重ねて訊《き》いた。

「お侍さんよ、おれの名は義助ってんだ。川向こうの一口長屋の差配《さはい》をしていらあ」

と正体を告げた。

「うむ。差配とは長屋の持ち主でござるか」

「江戸じゃあ、お店《たな》の持ち主は大家《おおや》と呼ばれるな。神田明神門前の越後屋《えちごや》って米問屋が大家でな、その下で長屋のあれこれ雑用を任されたのが差配よ。親父の代からの御用ゆえ、越後屋もおれのことを信頼していらあ。そんな一口長屋だがな、運がいいことに、店子《たなこ》をひとり追い出したところだ」

「なに、店子を追い出したか」

武士が驚きの言葉を発して義助を見た。

「たな賃をな、半年以上もためやがって、幾たび催促してもあれこれと能書き垂れて、払いやがらねえ、そのくせ贅沢《ぜいたく》にも毎晩のように飲み食いしやがる。そこでさ、知り合いの御用聞《ごようき》きに相談するぞって脅《おど》したところ、その夜のうちに家財道具を残して行方《ゆくえ》を晦《くら》ましやがった。家財道具ったって夜具《やぐ》と煮炊きの鍋釜くらいよ。この数日でな、おれとかみさんのふたりでな、どうしようもねえ道具は捨て、なんとか使えそうな夜具は手入れをして、掃き掃除したから長屋はそこそこきれいだぜ」

義助の長広舌《ちょうこうぜつ》を黙って聞いていた侍が、

「差配どの、そのお長屋をわれらにお貸しいただけるか」

と敬称までつけて願った。

「あのな、お侍さんよ、江戸ではな、長屋を借りるときは、屋根から雨漏りがしないか、厠《かわや》は汚くはねえか、井戸端はどうだ、差配はどんな人物か、ああ、こりゃ、おれだからいいやな。長屋の住人は信用できるかとかさ、知ったうえでたな賃の話を進めるものだぜ。覚えておくといいや、ともかく長屋を見るかえ」

「おお、われらにお長屋を見せていただけるか。ぜひお願い申す」

と頭を軽く下げた侍が、

「それがし、小此木善次郎《おこのぎぜんじろう》二十六歳、妻は佳世《かよ》にござる」

と名乗った。

佳世が頭に被《かぶ》った手拭いを取り、丁寧に頭を下げた。疲れ切った表情は旅暮らしのせいだろう。妻女の佳世は最初、義助の眼には二十一、二に見えたが、手拭いの下から現れた整った顔立ちはさらに若く見えた。

「小此木様に佳世様ね、まあ、長屋を見てみねえ」

義助に一家三人が従って神田川の昌平橋を渡ると武家地から傾斜地に町家が櫛《しっ》比《ぴ》する佇まいに変わった。そんな傾斜地に伸びる坂のひとつを上って路地に曲がり、十間（約十八メートル）ほど進むと紅葉《もみじ》が葉を差しかけた木戸が見えた。なかなか凝った造りの長屋に見えたし、敷地も細長いが広く見えた。

片側長屋の前にはどぶが伸びていて厚板で蓋《ふた》がしてあった。右手の崖《がけ》下に江戸の町並みが望めた。だが、侍夫婦にはそれを眺める余裕はなかった。

「うちの一口長屋はさ、ほれ、崖の途中にあるんで眺めは悪くないぜ」

と義助も自慢した。

夕暮れが迫っていた。

狭い庭の一角に井戸端があって数人の女たちが提灯《ちょうちん》の灯《あか》りの下で夕餉《ゆうげ》の仕度をしていた。一口長屋という変わった名の長屋の敷地の奥を植込みが区切っていて、その手前に厠があった。神田明神下の長屋をなぜ一口長屋と呼ぶか、その謂《いわ》れを義助も知らなかった。親父の代からそう呼ばれてきたのだ。

元々神田川に架《か》かる昌平橋の上流の河岸《かし》は芋洗《いもあらい》河岸と呼ばれていた。昌平橋も芋洗橋という異名を持っていた。里人《さとびと》の申し伝えでは、この岸辺付近では芋を含めて野菜などが洗われていたからだという。それがいつしか、芋洗が一口へと変じていた。

「おい、おっかあ、助八《すけはち》が住んでいた店をこのお侍さん方が見たいとよ」

と義助が声をかけると、女たちの間からひと際《きわ》年配の四十前後の女が立ち上がり、

「あいよ、灯りが要《い》るね」

と井戸端に置かれた提灯の火を手際よく懐から出したこよりに移すと、長屋の

一軒に向かった。

「義助どの、われら、浪人者だが、こちらに住まいさせてもろうて差し障《さわ》りがないかな」

「小此木さんよ、浪人者だろうが町人だろうがたな賃をきちんと払う店子ならば、うちはなんの差し支えもないぜ」

開け放たれた長屋の腰高障子の向こうから灯りが漏れてきた。差配の女房が蠟《ろう》燭《そく》に火をつけたせいだ。

「ほれ、まず中を見てみねえ」

義助が小此木一家を中に案内した。

小此木夫婦は九尺二間の長屋を覗き込んだ。

行灯《あんどん》の灯りに照らされ、竈《かまど》と水甕《みずがめ》が置かれた板の間がきれいに掃除がなされているのが見えた。さらに奥の四畳半の片隅に逃げ出した住人が残していったものだろうか、夜具がきちんと積まれていた。どうやら差配夫婦が何日か夏の陽射しに干したようでふんわりとした布団から乾いたかおりが漂ってきた。

「これがよ、江戸の裏長屋だよ。だがな、うちみたいにこぎれいな長屋はそうそうないぜ」

義助が自慢するだけに清潔だった。

「助八がとんずらしたあと、おっかあとおれが丁寧に掃除をしたからよ。今晩からでも寝ることができらあ」

と重ねて威張ったとき、佳世の背に負ぶわれていた赤子が不意に泣き出した。

「えっ、おかみさん、赤んぼがいるのかえ。お腹がすいたかね、部屋に上がってさ、おっぱいを飲ませな」

と長屋の中から義助の女房の吉《きち》が慌てた口調で佳世に言った。

「おお、それがいいや、なにはともあれ赤子にさ、乳を飲ませておしめを替えてやりなせえ。旦那とおれは表に出ていらあな」

長屋に入りかけた小此木を義助が引き戻して、ふたたびふたりはどぶ板に立った。

「差配さんよ、お侍さん方に赤子がいるのか」

井戸端の女衆《おんなし》のひとりが問い、義助が、おお、と頷いた。

「お侍さん、赤ん坊はいくつだね」

別の女衆が訊いた。

差配の女房は別にして長屋住まいの女衆たちは佳世と同じ年頃か、数歳年上かと思えた。お節介というより赤子を抱えた夫婦に気遣いした風があった。

「生まれてもうすぐ一年になる、未《いま》だ歩けぬ」

「おまえさん方は遠くから旅してきたというが、その歳で歩いたら驚きだ」

と義助が答えると、

「お侍さんよ、おむつの替えはあるのかねえ」

「いや、その前におっぱいだよ」

と井戸端から立ち上がった女衆たちが言いながら、差配の女房と佳世のいる長屋に入り込んだ。女衆の行動を見ていた小此木が、

「義助どの、よいお長屋のようじゃな。われら、今晩からでも世話になりとうござる」

「そりゃいいが」

「たな賃のことだが、ひと月かふた月分を前払いしてもよい」

義助がしばし間を置いた。

「お侍、ものは相談だ。所持金は三両二分と言いなさったね。持ち金の半分を前払いしてくれねえか。いやさ、助八がため込んだ分のなにがしかを大家に急ぎ払わなきゃならないのさ。その半金、お侍さん一家のたな賃半年分にしようじゃな

いか。ならば今晩からでもこのさ、夜具や家財道具つきの一口長屋に住んでいいぜ」

「おお、助かる。これからどこぞに旅籠を探さんでよいとなるとありがたい」

「よし、わっしの長屋に来てくんな。この長屋は棟割と言ったね。おまえさんが住まいする長屋の背後ふたつが、差配のおれたちの塒《ねぐら》だ。餓鬼《がき》どもや娘は住み込み奉公に出ていて、夫婦ふたりだけよ」

差配の長屋に上がる前に小此木善次郎は背に負っていた竹籠を土間の隅に下ろし腰の大刀を床に置いた。

土間は小此木らが借り受ける長屋の土間よりも広かった。というのも九尺二間の長屋をふたつ差配が使用していたからだ。

奥の四畳半は襖《ふすま》で仕切られ、手前の板の間の間口も倍の一間半（約二・七メートル）あった。板の間の奥にはあれこれと道具類がきちんと整理されて置かれている。そんな佇まいを義助が点《とも》した行灯の灯りが見せてくれた。

一方、義助は土間の傍《かたわ》らに置かれた竹籠から木刀《ぼくとう》の柄《つか》が突き出ているのを見逃さなかった。

「へえ、こちらにどうぞ」

差配夫婦の住まいはきちんと片づいて猫が二匹ふたりを迎えた。

「お侍の名は小此木善次郎様だったな。おかみさんの名はなんだったかね」

「妻女か、佳世と申す。赤子は芳之助《よしのすけ》だ」

善次郎の言葉に頷いた義助が、

「最前、旅の間、食い扶持を稼ぐために仕事をなしたと言いましたな。なんの仕事だったんだい」

「稼ぎになればどのような仕事もなした。まあ、田植えや稲刈りなどの百姓仕事やお店の荷物運びなどもやり申した」

「それで三両二分を貯めなすったとは驚きだ」

差配の義助は善次郎の言葉を疎《おろそ》かに聞き流してはいなかった。

「申されるとおり見知らぬ土地で一日働いて四百文《もん》にもならないでな。そんな仕事ばかりでは三両二分は貯められぬ」

「ということは三両二分はなにをして稼がれたな」

「申さねばならぬか」

小此木が困ったなという顔を見せた。

「この際だ。お互い信頼し合うためにさ、正直に話し合ったほうがようございますぜ」

首肯《しゅこう》した善次郎がしばし間を置き、

「それがし、美濃の苗木藩の徒士と言うたな」

「へえ、七石三人扶持の代官でしたな」

「よう覚えておられた、差配どの。代官の小此木家、代々藩の剣術指南《しなん》も務めておってな、剣術は陰流苗木《かげりゅうなえき》と称する在所剣術と夢想流抜刀技《むそうりゅうばっとうぎ》の師範を受け継ぐ家系であった。それがしも幼いころからふたつを父上にとことん叩き込まれた」

「となると道場破りをなさったか」

機を見るに敏《びん》の義助が質《ただ》した。

「お察しのとおりでござる。藩を辞して浪人になっても武家の本分たる剣術や抜刀技で金子を稼ぎとうはなかった。だが、旅の最中に佳世が懐妊《かいにん》し、とある城下町にて子を産まざるを得なくなった折り、致し方なく道場破りをなして十両を稼いだ。その残りが最前申した三両二分である」

「おお、それで国許から江戸に来るのに二年かかったのか」

義助は最前から胸に蟠《わだかま》っていた疑問、二年の意を納得した。妻女が懐妊し、旅の空の下で赤子を産んだのだ。美濃から江戸まで二年余かかったとして不思議はない。それにしても慎《つつ》ましやかな旅暮らしだと義助は思った。

「お侍、道場破りはその折りの一度だけですかえ」

「一度だけだ。父から教わった陰流苗木と夢想流抜刀技を稼ぎのために使いたくはない」

と小此木が言い切った。

義助はこの言葉を信じたが、

「江戸にて暮らしていくとなると、これからも難儀することがありますぜ。その折り、剣術にて稼ぎをなさる気はありますかえ」

しばし沈思《ちんし》した小此木が、

「先々のことはなんとも申せぬ」

と正直な気持ちを告げると義助がまた無言で思案し、

「お侍さん、小此木善次郎様でしたな、この二年の旅の間も武術の稽古をされましたかえ」

と話柄を変えた。

義助は竹籠から突き出た木刀を見て問うたのだ。

「どのような境遇にあっても未明一刻《いっとき》（二時間）から一刻半（三時間）の間、陰流苗木と夢想流抜刀技の稽古をなす。稽古をせぬと、武家として生きておるのか分からぬようになるでな。こちらでも長屋の庭で稽古をなすつもりだ。長屋の住人に迷惑はかからぬように稽古をなす」

「竹籠に木刀が入っておりましたな」

「稽古着も入れてあるぞ。庭で稽古をしても差し支えなかろうな」

と小此木が念押しした。

「かまいませんぜ。このご時世だ、お侍がいてさ、毎朝稽古をしてくれれば、押《ぶっ》し込《た》み強《く》盗《り》もうちの長屋には押し入るまい」

と応じた義助がしばし迷い、

「お侍さんさ、わっしになんとか流の剣術でもいいや、抜刀技でもいいや。ひと手見せてもらえねえか」

「なんぞ曰《いわ》くがあるかな」

「まあ、おまえ様の剣術のことだがね、小此木様一家が暮らしていける手立てになるやもしれませんでな。むろん道場破りではありませんぜ。だがよ、初めて会った町人風《ふ》情《ぜい》に見せられぬと申されるならば、この一件、忘れてくだされ」

と義助が善次郎を正視しながら言った。

「よかろう」

と小此木が頷き、

「行灯を板の間の真ん中に置いてくれぬか」

と願った。

二

板の間に立った善次郎が床に置いた大刀を手にすると腰へと落ち着けた。

その瞬間、義助は不思議な感じにとらわれていた。

これまで江戸にて住まいを探さざるを得ない小此木善次郎と話していて、威圧的な大きな体とは感じなかった。だが、こうして大刀を手挟《たばさ》む姿を見ると毎朝未明の稽古は嘘ではないと分かった。なにより善次郎の背丈は六尺（約百八十二センチ）余あり、幼いころからの修行により鍛え上げられた五体と義助にも察せられた。

「そなた、畳の間の奥に控えておられよ」

と願った小此木は行灯から燃える二十匁《もんめ》蠟燭を取り出した。

義助は小此木の行いを黙って見ているしかなかった。

頭の部分が太いいかり形の蠟燭はすでに三分の一が使われていた。

部屋の照明に使い込まれてきた行灯は、中央に蠟燭を容《い》れる小さな台座がある四角筒でがっちりとしたものだ。枠上部についた握り手は山形だった。

善次郎は燃える蠟燭の蠟を一滴だけ握り手の上に垂らし、

「あとで蠟は拭うでな」

と言いながら蠟燭を温かな蠟の上に立てた。

蠟燭が握り手の上に立った。板の間の床から一尺五寸（約四十五センチ）余の高さのところで炎が揺れながら燃えていた。

「これでよかろう」

と独語した。

狭い長屋の板の間の天井の高さと土間までの距離、間口と奥行きを確かめた小此木善次郎は行灯の蠟燭の炎と対面するように腰を低くした。

義助は、

（なにをする気だ）

と腰を上げ、よく動きを見ようとした。

「ふっ」

と息を吐いた小此木は刀の柄と鯉口《こいぐち》にそれぞれ手を置き、離した。

次の瞬間、両手が柄と鯉口に戻されると、すっと鞘走《さやばし》った刃が光に変じた。

背丈六尺余の小此木の両腕はそれなりに長かった。

長屋の天井や柱や梁《はり》に斬り込まないか、義助は案じた。

だが、小此木は抜いた刃を、肘《ひじ》を伸ばすこともなく滑《なめ》らかに使い、眼前の炎の真上を横手に引き回し、さらに反対に振り戻した。

行灯の上で燃える炎に接するかのように往復させたにも拘《かか》わらず、炎はひと揺らぎすらしなかった。

そのとき、小此木の体がぎりぎり板の間の上がり框《がまち》まで下がったことを義助は知らなかった。小此木がもう一度動くことを察して、思わず中腰のまま義助は竦《すく》んだ。

次の瞬間、小此木善次郎が、

「えいっ」

という叫びとともに屈《かが》めた腰を伸ばして立ち上がりつつ左手に戻した刃を前方へ大きな動作でふたたび振るった。

（お、おれが斬られるぞ）

小此木善次郎の刃が自分のほうに伸びてくる錯覚《さっかく》に義助は見舞われた。直後、刃が蠟燭の芯を炎の下で掬《すく》い切って、刃の上に炎が載って燃えているのを見た。残った蠟燭の炎は消えていた。

（なんてことだ）

と義助は上げかけた腰をぺたりと畳に落とした。

刃の物打《ものうち》上で炎が揺らぎつつ燃えていた。

板の間に立ち上がった小此木善次郎は差配の店の奥行き三間（約五・五メートル）を利して刃を引き戻した。

（なにをしやがんだ）

義助は炎を載せた刃がふたたび消えた蠟燭に迫るのを見た。そのときも、刃の物打上に炎は燃えていたが、
くるり
と回された瞬間、消えた蠟燭に炎が戻っていた。

（な、なんてことが）

と驚愕《きょうがく》した義助の眼前で小此木善次郎は刃渡り二尺三寸五分（約七十一セン

チ）の刀、先祖伝来の相模国鎌倉住《さがみのくにかまくら》長谷部國重《はせべくにしげ》の刃を静かに鞘に納めていた。
「お侍、手妻《てづま》を使うのか」

「手妻な、まあ、夢想流抜刀技の遊びとでも思うてくれ」

と応じた小此木が腰から國重を外すと床に静かに置き、握り手の上で燃える蠟燭を行灯の台座へと戻した。

「いや、おりゃ、幻を見たんじゃない。現《うつつ》を見たのだよな。あ、あれが小此木さんの夢想流抜刀技の遊びか」

「初めてやった。ただ今思いついたのだ」

とぼけた侍だと義助は思った。


この夕べ、神田明神に続く坂道の途中にありながら一口長屋と呼ばれる長屋の差配義助方に長屋じゅうの住人が集まってそれぞれの夕餉を持ち寄り、小此木善次郎と佳世、そして芳之助の一家の引っ越し祝いをしてくれた。差配の二軒続きの長屋はかような集いの折りに使われるようだ。

一口長屋の店子は小此木を入れて五組、むろん差配は数に入っていない。亭主たちは植木屋の奉公人とか屋根葺《ふ》き大工など職人が多く、善次郎とほぼ同世代だった。

「お侍さんよ、江戸で暮らすというが、手に職なんぞはねえよな」

と植木職人の登《のぼる》が訊いた。

「手に職とは稼ぎのことだな、ござらぬな」

と小此木が平然と答え、

「ござらぬなって、能天気だな」

と屋根葺き職人の八五郎《はちごろう》が呆《あき》れた。

「おい、おまえさんら、小此木さん一家が暮らしていけるよう、なんぞ仕事を見つけてこい」

と差配の義助が年下の店子たちに命じた。

「なんでもいいのか、たとえば植木屋の手伝いでもよ」

「おお、それがし、藩を離れて二年、百姓仕事から土方《どかた》までなんでもやってきた。植木職の助勢、大いに結構じゃな」

「そうか、なんでもやるか」

と応じたのは小此木一家の隣に住む大助《だいすけ》だ。近くの神社で男衆《おとこし》を務めているという。

「といってもこの界隈の住人が氏子《うじこ》でよ、うちの神社は、神田明神とは違って人を雇うほど賽銭《さいせん》が上がらないもの、ダメだな」

「ご一統《いっとう》、あれこれお気遣いいただき感謝しかない。なんぞあればどのようなことも致す」

と小此木が頭を下げた。

植木職人の女房のおまんが、

「さすがにお侍さんの赤ん坊は大人しいね。うちの娘はほんとにガキんちょだよ。差配さんの襖を蹴破《けやぶ》りかねないくらい走り回っているよ」

と言い、

「おまんさん、襖を蹴破った折りには来月のたな賃に修理代を加えておくよ」

と義助が怒りを抑えた苦笑いで答えた。

「おみの、かずちゃん、ほれ、こっちに来てお侍さんの赤ん坊を見ないか。すやすやと大人しく寝ているよ」

四歳のおみのは植木職人夫婦の娘で、二歳のかずは屋根葺き職人夫婦の娘だという。

「おばちゃん、赤ちゃんの名はあるの」

「おみのちゃん、ありますよ。芳之助というの」

「うん、よしのすけか、呼びにくいよ。おばちゃん、よっちゃんでいいね」

「そうね、よっちゃんと呼んでいいわ」

佳世が芳之助をふたりの娘に見せた。

「ああ、あかちゃんってかわいいね」

とかずが言い、人差し指の先で頬を触《さわ》った。

「これ、かず、赤ん坊の頬を突《つっ》いちゃならねえ」

屋根葺き職人の八五郎が慌てて言った。

「父ちゃん、かずはつついたんじゃないよ。さわったの。ねえ、よっちゃん」

と芳之助の頭を撫《な》でた。

「おばちゃん、明日からさ、よっちゃんを負ぶってあげるよ。おみのはよっちゃんを負ぶうこと、できるよ」

と言った。

「ありがとう。おみのちゃんは四つにしては大きいものね」

「うーん、わたし、かずちゃんを負ぶったこともあるよ」

「ならば、おばちゃんが困ったときにおみのちゃんにお守りを頼もうかな」

「うん、よっちゃんを負ぶえるよ」

芳之助をふたりの幼い娘たちが、まるで弟でも増えたかのように触ったり撫でたりした。

「小此木の旦那、芳之助ちゃんの子守りを姉ちゃんふたりがするようだ。うちの一口長屋はさ、差配のおれたちを含めて六組の住人だがよ、一口《いもあらい》一家というひとつの身内なんだよ。小此木さんのところに差し支えがなきゃあ、お互いが助け合って暮らしていくけど、それでいいかえ」

「なんの差し障りもござらぬ」

と言ったとき、表から、

「差配の家で宴会《えんかい》かよ。おい、義助。おれの部屋をだれぞに貸してねえか」

と喚《わめ》く声がした。

「差配さんよ、助八だぞ」

と植木職人の登が怯《おび》えた顔をした。

差配の店の腰高障子がいきなり開けられ、

「義助、だれに断っておれの長屋に店子を入れたよ」

と言いながら助八が土間に入ってきた。後ろに仲間らしきふたりを従えていた。

「助八、なんの真似だ」

と義助が立ち上がった。

「おまえさん」

とおかみさんが案じ顔で引き留めようとした。

「義助、おめえの隣にいる浪人者がおれの後釜か。おりゃ、一口長屋を引っ越した覚えはないぞ」

「助八、おまえはたな賃を六月《むつき》以上も払わず勝手に飛び出したじゃないか」

「おれが残した家財道具はどうなったえ」

「家財道具だって、大概《たいがい》のものはおめえがうちの長屋に暮らし始めた折りにわしが貸し与えたものだな。ふざけた話はなしだ」

義助は小此木善次郎が知らぬことを告げた。ということは布団も鍋釜も差配の、一口長屋のものなのか。

「おう、おれが使っていた布団も鍋釜もおめえがおれにくれたものだ。何年も使っていればもはやおれのもんだ」

と言った助八が上がり框に腰を下ろし、懐から抜身《ぬきみ》の匕首《あいくち》を出すと板の間にいきなり突き立てた。上がり框に差配が飼う黒猫二匹が抱き合うように寝ていたが、びっくりして部屋の奥に逃げ込んだ。

「なんの真似だ、助八」

「おりゃ、ぼろ布団なんぞに未練はねえ。だがな、おれが竈の灰の下に隠していた巾着《きんちゃく》に用事があらあ。あの巾着にはよ、八両ほど銭が入っていたんだ。義助、そいつを出しやがれ」

しばし呆然《ぼうぜん》としていた義助が、

「助八、ちゃんちゃらおかしなことを抜かしやがったな。おめえ、たな賃を半年分、二両近くためて長屋から逃げ出しやがったな。そんなおめえが、竈の灰の下に八両も入った巾着を置いていっただと、ふざけんじゃねえや。

いいか、助八、おれも昨日今日の差配じゃないや。淡路坂下の御用聞き、左之《さの》助《すけ》親分に面倒願い、おめえが住んでいた部屋の隅から隅まで調べるのに立ち会ってもらったんだ。八両入りの巾着なんぞどこにもねえや。なんならこの場に左之助親分を呼ぼうか」

「ああ、十手持《じっても》ちだろうとなんだろうと呼びやがれ」

と助八が居直った。だが、なんとなく語調が弱かった。

助八に従ってきたふたりは、助八の仲間ではないように小此木には思われた。

差配の義助と助八の問答でなんとなく小此木同様に経緯《いきさつ》を察したようだと思われたのだ。

「義助どの。差し出がましいが口を挟んでよかろうか」

と小此木が義助に許しを乞うた。

「お侍さん、おまえさん方には面倒はかけない心算《こころづもり》だったが、助八の野郎が勝手な言いがかりまでつけやがる。なにか話があるかね」

「いや、助八の連れにお尋ねしたいのだ」

最前から無言を通してきたふたりが小此木を見た。

「なんですね、お侍」

と連れのひとりが小此木に応じた。

「そなたがたが助八の仲間とは思えんでな、もしかして助八はそなた方にも迷惑をかけておるのではないかな」

「助八の後釜の侍は察しがいいな。おれたちは神田明神下のさ、野分《のわき》の文太《ぶんた》親分の賭場《とば》の用心棒だ。

助八の野郎、うちの賭場で遊んだはいいが、巾着を忘れたと言い出しやがった。まあ、そんな間抜けな言い訳をする野郎の言葉を信じたわけじゃない。だがな、神田川の左岸にあって不思議な名を持つ一口長屋に、いやさ、ちょいとこの一口長屋の大家に曰くがあってな、長屋を見に来たってわけだ」

とふたりのうち、兄貴分と思《おぼ》しき男が告げた。

「おまえさん、うちの大家になんの曰くがありますので」

「差配、お前が口出しすることじゃねえや。おれたち、今晩はこれで帰る」

宴《えん》の全員が助八の持ち込んだ厄介ごとの行方を注視していた。

二歳の娘かずが、芳之助が手にしていたでんでん太鼓に関心を示して摑もうとすると、芳之助が取られまいとして手を振った。そのでんでん太鼓が上がり框の助八のところへ飛んでいって転がった。

「そうか、仲間じゃねえのか。助八の言い分が虚言《きょげん》と分かりなすったか」

と義助がようやくそのことに気づいたか、ふたりに問うた。

「ならば助八を連れて戻られますね」

「置いていってもいいぜ」

「とんでもねえ。わっしはね、助八の未払いのたな賃をようやくお侍さんから前たな賃をもらって払う目処《めど》をつけたところだ。そやつにもはや用はありませんぜ」

「うちもこやつが文無しだと分かったんだ。帰り道によ、突き殺して神田川に投げ込む心算よ」

と本気かどうか兄貴分が言い放つと、

「ああ、ま、まむしの兄《あに》い、ま、待った。おれはほんとうに竈の中に八両入りの巾着を隠していたんだよ」

と助八が喚いた。

「助八、そんな嘘はどこに行っても通らないぜ」

「そ、そんな。お、おれはどうなる」

「致し方ねえや。おめえを親分のもとへ連れて帰る。生きるか死ぬか、親分の判断次第よ」

「ち、畜生《ちくしょう》」

と呻《うめ》いた助八が板の間に突き立てた匕首を摑もうとして芳之助のでんでん太鼓を摑んだ。

「それ、よっちゃんのよ」

とかずが取り戻そうとして助八のところへ走り寄った。

助八が匕首を抜くと、いきなりかずを引き寄せて首に匕首を当てた。

「おい、義助、金を出せ」

「ま、待った。かずを放せ」

と父親の八五郎が叫んで、助八にまむしの兄いと呼ばれた用心棒が腰の長脇差《ながどす》の柄に手をかけた。

そのことに気づいた助八が、

「まむしの、この娘の首を掻き切ってもいいんだな」

と喚いた。

その直後、膳の前に座したまま小此木が気配もなく大刀を手に跳び上がると虚《こ》空《くう》で構えを整え、鐺《こじり》で助八の喉首を突いていた。

「うぐっ」

と呻いた助八がかずを放して土間に転がり落ちた。

小此木が虚空でかずを抱き上げるのと、まむしの兄いが助八の匕首を蹴り飛ばすのが同時だった。そして、

「この馬鹿を連れ戻すぞ」

とまむしが弟分に言い放ち、娘を抱えた小此木を見た。

「お侍、おめえさん、並みの遣い手ではないな」

「かような騒ぎ、長引くと事が大きくなるでな」

「おめえさんの名はなんだえ」

「小此木善次郎だ」

「また会いそうだな、小此木さん」

と言い残したまむしの源三郎と弟分が、助八を引きずって差配の長屋から出ていった。

三

翌日、差配義助の女房、吉に連れられた佳世は、神田明神下界隈の油・味噌・醬油屋に八百屋、魚屋、雑貨屋などを案内してもらった。吉は生まれがこの界隈とか、どこの店とも親しかった。

「お吉さんさ、一口長屋にお侍さん一家が住まいするのは珍しいね」

と八百屋の主が言った。

「わたしが覚えているかぎりお侍さんが住んだ覚えはないね。このご時世、殺しだ、強盗《ぶつたくり》だって頻繁に起きるだろ。義助がさ、うちにお侍さんが住むのは安心と言うのさ。なにしろ亭主のお侍さんは剣術《やっとう》の腕が並みじゃなくてね、神田明神下の博奕打《ばくち》ち、野分の文太親分の用心棒が魂消《たまげ》たほどの腕前でさ、うちに押し込みなんてもう入らないよ」

と吉が自慢して、昨夜のことを語った。

「ふーん、こんな世の中だが、お侍さんでさ、まともに剣術ができるなんて滅多《めった》にいなかろうじゃないか、お吉さん」

「まずいないね」

「となるとだよ、お侍さん一家はたな賃を払うよりも先に用心棒代を頂戴してもいいってことだね」

「えっ、そんなこともありなの、八百屋の旦那」

「押し込み強盗が入って差配の義助さんや店子が大怪我でもさせられてみな。えらい損害ですよ。それよりも、一口長屋に悪い評判が立ってさ、店子が出ていきかねないよ」

「ううん、うちがお侍さんに用心棒代を払うのかね、いくらだろう」

と吉が真剣な口調で訊いた。

「いやさ、おれが言いたかったのはさ、それくらい大事な店子が入ったということですよ。先の助八と比べてみな」

「おお、嫌だ。あいつ、たな賃も払わずに昨日は賭場の用心棒まで連れて、竈に隠しておいた八両だか九両入りの巾着を出せなんて言いやがったんだよ。でもさ、賭場の用心棒も見る眼があるね。直《す》ぐに助八が嘘をついていると分かったもの」

「それでお侍さんは助八の馬鹿から店子の娘の命を救った」

「そういうことだ」

「やっぱり差配の義助さんはお侍さんを大事にしたほうがいいね。帰ったらさ、おれが言っていたと伝えてさ、せめてたな賃を半分にするとかさ、考えたほうがいいよ」

と八百屋の主に言われて吉は考え込んだ。すると調子に乗って八百屋が、

「おかみさん、赤ん坊を連れてさ、江戸に出てきてだよ、神田明神下でも評判の親切長屋の住人になってさ、よかったね。おれがさ、懇々《こんこん》と言ったからさ、約定のたな賃は半値になるよ」

とまで言い切った。

「いえ、わたしども、昨夜江戸の一夜を路上で過ごさねばならないかと半《なか》ば覚悟しておりました。差配さんのご親切で屋根の下に寝させてもらったんです。主《ぬし》も

用心棒代なんて夢にも考えていないと思います」

佳世が笑みの顔で言ったものだ。

「たしかにお侍さん夫婦揃って欲がないね。江戸じゃあ、店子から注文つけてもいいんだよ」

「こら、八百屋、なんで妙な知恵を授けるんだよ。他の八百屋に変えようか」

と吉が怒鳴った。

「お吉さん、おれが言ってんのはさ、赤子を抱えたお侍さん一家を大事にしなと差配の義助さんに伝えなってことだぞ。他の八百屋だと、この界隈にうちより安くて品が新しい店があるか」

とこんどは八百屋の主《あるじ》が居直った。

佳世はどうやら江戸の町人たちはぽんぽんと言い合うのが習わしらしいと思った。そんな佳世に、

「ご新造さん、あと口を利いてないのは米屋だったね、うちの長屋の大家が神田明神門前の米問屋だ。義理でもお米は越後屋で購《あがな》うしかない。あちらのほうはご新造さんの旦那様をうちのが紹介すると言っていたから、そちらはいいやね」

と吉の口利きは八百屋と吉ふたりの言い合いで無事に終わった。

佳世が一口坂下の八百屋を出て、話柄を変えた。

「お吉さん、江戸は広うございますね。長屋の庭先から見た景色にはびっくりしました。どこまでも武家屋敷や町家が並んで、その先にお城の堀や石垣まで見えて、なんとも美しくも広いのに驚きました」

「うちの長屋の庭先から見える江戸はなかなかのもんだよね。でもさ、ご新造」

と言いかけた吉が、

「わたしの娘ほどのおまえ様をご新造さんと呼ぶのは、なんだかおかしいやね、佳世さんと名で呼んではいけないかえ」

と吉が許しを乞うた。

「お吉さん、どうか佳世と呼んでください。善次郎はもはや主持ちの奉公人ではなく浪人です。わたしはその妻女に過ぎません。名で呼んでもらったほうが気楽です」

佳世が応じて、お吉、佳世と呼び合うことになった。

「いいかえ、旦那の仕事が決まってさ、江戸での暮らしが落ち着いたら一口長屋の女衆のみんなでさ、日本橋《にほんばし》界隈の老舗《しにせ》大店《おおだな》が並ぶ通町《とおりちょう》や室町《むろまち》、それにさ、魚《うお》河岸《がし》や芝居小屋の見物に行こうかね。江戸の町中は在所では考えられないくらい賑やかだよ。楽しみにしておいでな」

と吉が佳世に言った。

「そんな日を迎えられるでしょうか」

「心配しなくていいよ、もはや長屋の差配も住人も承知だろ、お互いが助け合うのがうちの一口長屋だ」

と吉が言い切り、佳世が頷いた。

一口長屋に芳之助を負ぶった佳世と吉の女ふたりが戻ってくると、植木職人登の四歳の娘おみのが、

「ああ、よっちゃんが戻ってきたよ。おばさん、わたしに抱かせて」

と願った。

「おみの、まず芳之助のおむつを替えてさ、おっぱいを飲ませてから負ぶわせてやるよ」

と吉がまるでおみのも芳之助も自分の孫でもあるかのように呼んで言った。

「朝のうちに神田明神下から湯島界隈を歩き回ったようだな。となると、おかみさん、この界隈で三度三度の食いものの材は揃うことが分かったな。一口長屋の住人と分かれば便宜《べんぎ》を図ってくれるよ」

と差配の義助が言い切り、

「こんどはさ、旦那の小此木さんをさ、うちの大家の越後屋に顔合わせしておこう」

「おまえさん方、昼餉《ひるげ》は済ませていかなくていいのかえ」

「昼餉の仕度を待ってられねえよ。越後屋の一件が済んだらそばでもふたりで手《た》繰《ぐ》るさ」

と義助が応じて、

「旦那、行くぜ」

と誘いかけた。

そんなわけで小此木善次郎は木戸口の色づいた紅葉に見送られて坂道を上っていった。

善次郎は長《なが》の道中で被っていた破《や》れ笠で初秋の陽射しを避《よ》け、着流しに筒袴《つつばかま》を穿《は》いたなりだった。ほぼこのなりで美濃苗木から旅してきたのだ。

それを見た義助が、

「小此木さんさ、この次から筒袴は要らねえな。着流しでさ、刀を差したければ大刀の一本差しで構わないぜ」

「おお、さようか。国許を出る折り、紋付《もんつき》の羽織を持参していたが、金子に困った折りに古着屋に売り払ってな」

「昨日も聞かされたが、道中苦労をしなさったね」

「苗木城下にいても仕事はないでな」

「一万二十一石の貧乏藩の城下に幾人住んでますな」

と義助が言い放った。

「おお、きのうは言い忘れておったが苗木藩の一万二十一石な、元々は一万五百二十一石であったのだ。それが六代目の殿、遠山友将《ともまさ》様の代に叔父上《おじうえ》様に五百石分知《ぶんち》したゆえ、中途半端な禄高になったのだ」

と善次郎が言い訳した。

「妙な禄高とは思ったぜ」

「最前のそなたの問いだが、それがしが知るかぎり領民は二万三千七百余人ほどかのう。むろん藩士と領民をすべて含んでのことだ」

「二万四千人足らずですかえ。ううーん、読売なんぞが江戸は無慮《むりょ》百万人というがね、そう、この神田明神界隈だけで三万や四万は暮らしていますぜ」

「おお、それがし、江戸藩邸に勤番《きんばん》していたころ、美濃苗木藩なんて存在するのかと、他藩の藩士によく揶揄《からか》われたものよ。この広い江戸でわれら一家、暮らしていけるとよいが」

「さよう、小此木さんよ、一口長屋の持ち主の米問屋越後屋の九代目嘉兵衛《かへえ》様がさ、おめえさんの人柄が気に入ればな、なんとのうだが、暮らしなど案ずることはないな」

と言った。

「越後屋でそれがしが働ける口がござろうか」

「在所の大名の藩士とはいえ根っからの武士だった小此木善次郎さんが米問屋の奉公人にはなりませんや。だが、小此木さんはよ、他に使い道があるとわっしは踏んだんだがね」

と義助が言ったとき、ふたりは神田明神の前まで上ってきていた。

「おお、こちらが神田明神の社《やしろ》ですか。なかなか立派でござるな」

「そりゃそうだ。神田明神は江戸の総鎮守《そうちんじゅ》だぜ」

「さようか」

と言い合った両人は神田明神に拝礼してなにがしかの賽銭を入れた。

「これでうまくいくぜ、小此木さん」

と差配の義助が神田明神門前に店を構えた米問屋越後屋に連れていった。

「小此木さんさ、こちらがうちの大家の店だ」

「なかなか立派な店構えだな」

「浅草御蔵前通《あさくさおくらまえどお》りの札差《ふださし》百余軒には敵《かな》わないが、米問屋としてはこの神田明神界隈ではなかなかの威勢を誇っていらあ」

と義助が自慢げに言ったとき、

「義助さん、なにを店の前で御託《ごたく》を並べておられる」

と帳場格子《ちょうばごうし》の中から白髪頭が怒鳴った。

「おや、大番頭さん、そこにおられましたか」

「昨日今日の差配ではありますまい。私がここに詰めているのはいつものことです」

と言われた義助が小声で、

「越後屋の大番頭孫太夫《まごだゆう》さんでしてな、小うるさいが物分かりは悪くねえ」

と言い、

「ささっ、小此木さん」

と誘《いざな》った。

「しばしお待ちくだされ」

小此木は破れ笠の紐をほどき、腰から大刀を外して笠といっしょに右手に持って義助に従った。義助が孫太夫を見て、

「大番頭さん、お久しぶりです。ご壮健の様子、なによりです」

「義助さん、二日ほど前に助八の一件で会いましたな」

「おお、そうでしたそうでした。大事なことを忘れてはなりませんな、助八に引っかかったたな賃ですがな、こちらにわっしが一両三分ほどを都合してまいりました。お納めくださいまし」

と懐紙《かいし》に包んだ金子を差し出した。

「ほう、この金子はどちらから都合されましたかな」

「大番頭さん、長いことこちらの差配をしておるにも拘わらず、無様《ぶざま》な真似を致しました。ともあれ少しでもと思い、まずは一両三分、お確かめくだされ」

と大番頭の問いには答えず、義助が差し出す懐紙を手代《てだい》が受け取り、帳場格子の大番頭に渡した。中身を確かめた大番頭が、

「この一両三分、そちらの小此木善次郎様が支払われた金子ですかな」

「はあっ」

と義助が訝《いぶか》しげな声を漏らした。

「違いますので」

「どうして承知しておられますので」

「義助さんや、昨夕、一口長屋で騒ぎがあったと聞いていますがな」

「わ、わっし、未だ大番頭さんに報告していませんがな」

と狼狽《ろうばい》した。

「助八が騒ぎを起こしたのではありませんかな」

「大番頭さん、どうして承知しておられます」

「うちの外蔵の屋根がね、過日降った大雨で雨漏りしましてな、店子の八五郎さんが二、三日前から修理をしております」

「ああー」

と悲鳴を上げた義助が、

「八五郎が喋りましたか」

「はい。屋根葺き職人の娘のかずが危ない目に遭ったのを小此木善次郎様が助けられたとか」

「八の奴、きのうのうちにただ今の仕事が越後屋ならば越後屋と言うがいいや」

とぼやいた。

「小此木様、うちの長屋にお住まいになる早々、真《まこと》にお手柄でございましたな。かずは傷ひとつなく助けられたと父親の八五郎が感謝しておりましたぞ」

と孫太夫が小此木に言った。

「いいえ、あの場のなりゆきでござって、娘御《むすめご》を怪我もなく助けられたのはなんとも幸運でござった」

「小此木様にも赤子がおられるそうな」

「はい、一歳の男子《おのこ》がござる。ともあれ越後屋の家作《かさく》に住まいすることができて、われら一家は感謝しておるところです」

「八五郎から話を聞きましてな、なんともよきお方がうちの一口長屋の住人になっていただけたと思うていたところです。どうか奥座敷で主に会《お》うてくだされ」

と孫太夫から願われた。

小此木はまだ驚きから立ち直れない義助を見た。

「て、手順が狂ってしまったぜ」

とぼやいた義助が、

「大番頭さん、旦那様の嘉兵衛様に新入りの店子のお侍さんを会わせてくださいますか」

と念押しした。

「一口長屋の差配ならば、騒ぎがあればなにはともあれ大番頭のこの孫太夫に真っ先に報告すべきではありませんか、義助さんや」

「は、はい。わっしとしてはむろん小此木様をお連れしてこちらに報告をと思うておりました。まさか八五郎に先を越されるとは、なんとも不首尾《ふしゅび》にございました」

としょんぼりとした義助が、

「奥座敷に通るのは小此木さんひとりかね、大番頭さん」

と問い、大番頭の孫太夫が小此木を見た。

「大番頭どの、それがし、こちらにお邪魔するのは初めてにござる。わが差配どのの親切にて案内されてきた。当然、奥座敷までお連れいただくものと思うております」

との小此木の言葉に孫太夫は、

(まあ仕方ないか)

と頷き、義助はにっこりと笑った。

「ところで義助さんや、そなたが奥座敷に通る魂胆《こんたん》がなんぞありますかな」

と孫太夫が質した。

「そのこと、屋根葺き職人の八五郎は言いませんでしたかな」

「八五郎さんがですかな。娘の命を助けてくれた小此木さんの業前《わざまえ》を幾たびも繰り返しましたが、他になんぞ格別なことは言いませんでしたな」

「そこが素人《しろうと》の、いやさ、店子の浅はかさ、大事なことを聞いておきながら、なにも考えておりませんな、大番頭の孫太夫さん」

「ほう、大事なことをどなたかが申されましたかな」

「へえ、助八に従ってきた、神田明神下の野分の文太親分の賭場の用心棒、兄貴分のほうが、『ちょいとこの一口長屋の大家に曰くがあってな、長屋を見に来たってわけだ』とちらりとそんなことを漏らしたんでさ。わっしはこの兄貴分の言葉の意が気にかかってね。だからさ、小此木さんを連れて、こちらにお邪魔したんでさ」

「ほう、さようなことを賭場の用心棒が申しましたか」

「大番頭さん、どんな曰くでしょうね」

「ううーん」

と唸《うな》った孫太夫だが、首を横に振って答えず、

「他になにか用心棒の兄貴分は言いましたかな」

「一口長屋のわっしのところから去り際に『また会いそうだな、小此木さん』と言い残しましたな」

「なんと用心棒が小此木様にさような言葉まで残していきましたか」

「大番頭さん、最前の言葉といい、この小此木さんへの誘いのような呼びかけといい、わっしは気になりましてな。大番頭さん、これらの言葉、聞き逃してよろしいのでしょうかな」

と義助が孫太夫に質した。

長いこと無言で考えていた大番頭が、

「いいでしょう。小此木様といっしょに奥座敷に通りなされ」

と義助に改めて言った。

四

神田明神門前の越後屋の奥座敷は、小さな泉水《せんすい》もある手入れの行き届いた庭に

面してあり、涼しげで静かな佇まいだった。

九代目の当主嘉兵衛は三十五、六か、文を認《したた》めていたが小此木に向けた眼差しがさわやかだった。

「わが家作の新しい住人がお侍さんとは、義助さん、初めてではございませんかな」

と大家が差配に念押しするように問うた。

「へえ、初めてです。偶さか一家三人と御用帰りのわっしが昌平橋のところで会いましてな、落ち着いた言動に、助八のようなふざけた野郎のあとに入ってもらうにはかようなお侍さんもいいかなと思いつきましたんで。旦那様にはお断りしませんでしたがな、長屋に誘ったんですよ」

「長屋のあれこれは差配のそなたに任せてございます。住人の出入りも託《たく》してありますでな」

「ありがとうございます」

と礼を述べた義助が、

「昨日のことですがね。旦那様、刻限は六つ（午後六時）前の時分でした。小此木さんのところには一歳の赤子もおられます。そこで差し当たって長屋をお貸しすることに決めましてな、うちで長屋の連中と夕餉の菜《おかず》を持ち寄って一同で食することにしました」

「さすがに長年の差配、心遣いが行き届いておりますな」

「へえ、そこまではようございました。そのあと、厄介が起こりましてな、なんとその場に助八の野郎が姿を見せたんですよ」

と前置きした義助が大番頭に告げ損ねた騒ぎの一部始終を手際よく告げた。

「ようも幼子《おさなご》を怪我もなく助けていただきましたな。大家の私からもお礼を申しますぞ」

と嘉兵衛が小此木に頭を下げて感謝した。

「大家どの、なりゆきでございましてな、まさか幼い娘御が巻き込まれるとは、それがしも迂闊《うかつ》でした。あの振る舞いは、助八なる人物から娘御を取り戻そうとして咄嗟《とっさ》のことでござった」

「いえ、差配の義助さんから話を聞くだに小此木様の対応が素早かったと感心しました」

と嘉兵衛が応じたところに店から大番頭の孫太夫も奥座敷に姿を見せた。

「旦那様、義助さんの話ではその折り、賭場の用心棒の口からうちの名も出たそうな」

と大番頭が店先で聞かされた話を手早くした。すると穏やかだった嘉兵衛の顔色が険《けわ》しいものに変わった。

「神田明神下の賭場の用心棒の言葉ですか、なんと」

と嘉兵衛が漏らし、大番頭と顔を見合わせた。

「うーん」

と呻いた嘉兵衛が、

「義助さん、そなた、あいつのことを考えられましたかな」

と一口長屋の差配に質した。

「へえ、旦那様、烏滸《おこ》がましいとは思いましたがなんとなく」

「考えなすったか。ところで親父が外で子を産ませた話を長屋の住人一同は承知しておりますかな」

「いえ、異母弟の次郎助《じろすけ》さんのことを承知なのはわっしだけですよ」

と義助が応じた。

「そして新たな住人の小此木様が承知された」

と呟《つぶや》いた嘉兵衛が、

「大番頭さん、おまえさんも助八に従っていた神田明神下の賭場の用心棒の言葉は親父が外で産ませた次郎助に関わりがあると考えられましたかな」

「はい」

「さよう、義助さんも大番頭さんも同じことを考えられた。たった今話を聞いて私も同じ危惧を抱きました」

と言った嘉兵衛が小此木を見た。

「小此木様、うちの内情についてですが、いささか恥ずかしい話を申し上げねばなりません」

「それがしがお聞きしてよろしきことでしょうかな」

と一口長屋の新しい住人が困惑の表情で問い返した。

「長年、親父の遊びに身内の私どもは幾たびも悩まされてきましてな。そんな親父は十一年前に面倒だけを残してさっさと彼岸《ひがん》に旅立ちました。もっとも親父の生前から跡目を継いでおりましたから、親父がいなくなっても、なんの差し障りもありませんでしたよ」

と嘉兵衛が身内の内情を告げた。

もはや小此木は聞くしかない。

「うちの厄介ごとについて一口長屋の店子になったばかりの小此木様が聞かされるのは、迷惑以外のなにものでもありませんな。ですが、小此木様方がうちの一口長屋の住人になったその日に、前の住人の助八が姿を見せたのです、なにやら私には小此木様が一口長屋の助勢に遣わされた人のように思われて仕方ありませんん」

「旦那様、私も昨晩寝床の中で幾たびもそのことを考えました。美濃国から出てこられて江戸に着いたその日にご一家がかような騒ぎに巻き込まれたのです。旦那様が申されたように私どもには格別な縁《えにし》があったのです」

と義助が言った。

「小此木様、ご迷惑は承知です。ですが、昨夜の騒ぎが私の異母弟次郎助に関わることとなれば、ぜひ一口長屋の住人として話を聞いてくれませんか」

と嘉兵衛が繰り返し念押しし、

「いかにもいかにも。小此木様のお知恵を借りることが大事かと存じます」

と孫太夫も言い切った。

奥座敷を沈黙が支配した。

それなりの無言の時が過ぎた。

「小此木様、この一件、わが越後屋の厄介ごとと関わりがあると決まったわけではないと思われますかな」

と質す嘉兵衛に小此木善次郎は即答できなかった。

「いえ、旦那様、明らかに関わりがございます。他に考えられません」

と主の傍らから孫太夫は言い切った。

どうやら異母弟について詳《くわ》しく承知なのは、当代の主よりも差配よりも古希《こき》を幾たび目か、一、二歳過ぎたと思しき大番頭のようだと小此木は思った。

幾たび目か、嘉兵衛、孫太夫、そして義助の三人が小此木善次郎を見た。

「それがし、ご一統様がお考えになるほどの才も力もございません。美濃国の辺《へん》鄙《ぴ》な在所から江戸に出てきたばかりの者にございます。未だ一口長屋が江戸のどこにあるのかさえよく存じませぬ。そのような者が役に立つとは思えませんがな」

と小此木が首を傾《かし》げた。

一同がふたたび黙り込んだ。するとしばらくの間黙って越後屋の主従《しゅじゅう》らの主張を聞いていた差配の義助が、

「ご一統さん、わっしが口出ししてようございますか」

と断った。

「差配さん、考えがあれば申してみなされ」

と嘉兵衛が許しを与えた。

「わっし、ひと晩だけですが旦那様や大番頭さんより小此木さんと接した暇《いとま》がいささか多うございますな。小此木さんの人柄も剣術の技もおふたりよりいくらか承知です。

江戸には直参旗本《じきさんはたもと》、勤番の大名諸家の家臣方と、何十万人もおられましょう。無知の町人と承知で抜かしますと、小此木善次郎さんのような冷静にして腕の立つお武家様がこの江戸に何人もおられるとは到底思えませんや。一口長屋の住人に小此木さん一家がなったのは、天のお導きとは思いませんかえ」

と義助が言い切った。

「おお、差配、いいことを言いなさったぞ。たしかに天のお導きですぞ、旦那様」

大番頭の孫太夫が言い添えて越後屋九代目の嘉兵衛が大きく頷き、小此木に視線を向けて言い出した。

「越後屋の九代目の私には妹がふたりおりましてな、ふたりして近くの商家に嫁入りしてそれぞれ子どももございます。されど男子は私ひとりです。ところが最前も申しましたが親父の八代目が外に女を囲いましてな、花街《かがい》柳橋《やなぎばし》の芸妓《げいぎ》でしたな、大番頭さん」

と嘉兵衛が倍ほども年上の孫太夫に確かめた。

「旦那様、いかにも柳橋の玉子《たまこ》という源氏名の芸妓でした。先代の旦那様はさような場所に慣れた遊び人とは違います、女には初心《おぼ》なお方でした。先代は米問屋の寄り合いで柳橋の茶屋に上がり、玉子と知り合うたようです。今から二十数年前、いえ、三十年も前になりますか。八代目の旦那よりずいぶんと若い女でしてな、八代目の子を懐妊したことが分かった折りに、先々代の七代目に命じられましてね、私が玉子と会いました」

との孫太夫の話に、おや、という顔で嘉兵衛が大番頭を見た。

当代の嘉兵衛は先代と玉子の付き合いをほとんど知らぬように小此木には感じられた。それはそうだろう、三十年近くも前の話とすると当代は五つ六つだったか。

「ここだけの話ですが、先々代の命《めい》は腹の子はおろさせよというものでした」

「なんですと」

嘉兵衛が驚きの言葉を発した。

「先々代からのきつい達しでしてね、先代も当初はその命のことは知りませんでした」

「驚いたな」

と当代が漏らし、

「話を先に進めてようございますか」

と老練《ろうれん》な大番頭が自分の子ほどの齢の主に乞うた。九代目嘉兵衛が頷いた。

「先々代から、できれば二百両で話を纏《まと》めよということで、柳橋の船宿で会いました。むろんその場には先代は同席していません、玉子は代理の私の言葉をふーんと鼻でせせら笑って、拒《こば》みました。そこをなんとか二百両で纏めようとしましたが相手は言うことを聞きませんでな。先々代から、女が二百両でうんと返事をしない折りはもう百両をと格別に預かってきた金子を足して三百両でなんとか承知させました」

「さようなことは私、一切聞かされておりません」

と当代の嘉兵衛が漏らすと、孫太夫が頷いた。

「むろん相手の玉子には三百両の受け取りを書かせました。その場に事情をおよそ承知の船宿の主が立ち会いました。受け取りには、先代の嘉兵衛様とは向後《こうご》一切関わりならず、腹の子を始末すること、という七代目の厳しい命が認められておりました」

「大番頭さん、私は一切さようなことは存じませぬ」

と当代の嘉兵衛が同じ文言を繰り返した。

「はい、前述しましたが先々代のきついお達しでしたから、未だ幼かった当代の嘉兵衛様の耳には入れず、その後も誰にも知らされておらぬことを承知です」

「待ってください、大番頭さん。相手に三百両を渡し、証文まで書いたにも拘わらず玉子は子をおろさず、その後もふたりは会い続けたのですね」

と嘉兵衛がいま気づいたか詰問《きつもん》した。

「さようです。先代と玉子の両人は、腹の子が生まれたあとも密《ひそ》かに逢引《あいび》きされており、私どもが気づいたときには、次郎助と名づけられていたそなた様の異母弟は九つになっておりました」

「騙《だま》されたのですね」

「はい、騙されたのです」

「なんということが」

「旦那様、その折りすでに先々代は身罷《みまか》り、先代が越後屋の八代目を襲名《しゅうめい》されておりました。もはや先々代が三百両の代償に受け取った証文よりも八代目の言い分が越後屋では罷り通っておりました」

「ううーむ、親父は難題を生じさせていたのだな」

と当代の嘉兵衛が呻いた。

「なにより困ったことは、先代の八代目が玉子に密かに渡されたと思われる新たな証文です。その内容ですが、越後屋は嫡男《ちやくなん》の壱太郎《いちたろう》、すなわち当代の嘉兵衛様、そなた様が引き継ぐ」

「当然です」

「異母弟の次郎助には財産の三割を分与する」

「なんですと、そのようなことは知りませんぞ。いや、親父は十一年前に玉子の家で身罷りましたな。越後屋の財産の三割は分与されたのですか」

「いえ、私が知るかぎり分与されておりません。先代と玉子に関する証文は先代が不慮《ふりよ》の死を遂げたとき、越後屋内蔵の、証文や沽券《こけん》を入れた文箱《ふばこ》から見つかりましたがな。先代が身罷った直後、玉子は先代と二股《ふたまた》をかけていた男と逃げましてな。当の書付がいまどこにあるのかも分からず、成人した次郎助がいまどこにいるのか、この一件についてどれほど承知か私には分かりません」

と大番頭の孫太夫が言い切った。

「この件に関して私が先代から死ぬ前に聞かされたことがございます」

「なんですな」

嘉兵衛が即座に応じた。

いまや越後屋の当代の嘉兵衛と老練な大番頭の問答になっていた。小此木はもちろん差配の義助も問答に加わることは無理だった。

孫太夫は先代が身罷る数年前に交わした問答のことを話し始めた。

「孫太夫、そなたは当代の私よりもうちの内情に詳しいですな。ひとつだけ言うておきます、次郎助に分与する一件です」

「越後屋の財産三割を分与するという証文でしたな。八代目、そなた様は越後屋の財産がいくらあり、借財がどれほどあるか承知ですかな」

「玉子の一件があって私は七代目から冷たい処遇を受けてきたので正確には知らぬな。正確な財産の額をそなたに確かめたいと思ったが、そなたはなにより壱太郎大事ゆえ、私に事実を告げるとも思えず、確かめませんでした」

「はい。なにを言っても無駄でしょうから、この一件には立ち入りたくはありませんでした」

「であろうな。ひとつだけ、孫太夫、そなたに頼みがある。次郎助も私の血を引いておるのはたしかです。ゆえになにがしかの財産を分け与えたいのです」

「八代目、書付の三割云々《うんぬん》は別にして、これまで玉子と次郎助母子にかなりの金子を授けておられますな。私、その金子の額を承知していますよ」

「そなたのことだ、正確にいくらなのか勘定はしていよう。私が玉子と次郎助に分け与えたいのは、一口長屋だ」

「ほう、一口長屋ね、あそこの立地はなかなか、敷地も三百坪ほどありますな、八代目」

「そなた、私を越後屋の主とは認めておらぬせいか、嘉兵衛と一度も呼んだことはないな。どうだ、この一件、八代目嘉兵衛に任せると約定してくれぬか」

しばし思案した末に孫太夫が、

「八代目、考えさせてもらいましょう」

と応じてその場ではなんの決定もされなかった。

「この話、今も生きておると思われますか、大番頭さん」

と幼名壱太郎、九代目嘉兵衛が質した。

「旦那様、八代目と私の間でこの一件が話し合われる前に八代目は突然相手の女の家で身罷りましたな。ゆえに次郎助さんは詳しくは知らぬはず。あるいはざっくりとした話くらいは母親か八代目から聞いていたかもしれませんな」

「大番頭さん、この度、神田明神下の野分の文太親分の用心棒と称する者の口から一口長屋のことが漏れましたな」

「そこです、厄介は。なにしろ妾《めかけ》の子とは申せ、本人たちの前で先代の八代目が自らの子と認めておりましたから、世間体を考えても無下《むげ》なことはできません、嘉兵衛様」

「どうしたものか」

と老舗米問屋の越後屋主従が顔を見合わせた。


「義助どの、それがし、なにから手をつければよかろうか」

と神田明神門前の越後屋の表に出た小此木善次郎が差配の義助に問うた。

越後屋の奥座敷で当代の嘉兵衛が、

「この一件、差配の義助ひとりでは頼りになりませんな。小此木様、なにかあったときは義助を手伝ってくれませんか。うちは一口長屋を次郎助に分与する気持ちは全くありません。助勢していただくとなればそれなりのことはさせてもらいます」

と小此木に言い切り、

「ここにおる大番頭さんによれば、先代は玉子と次郎助に七百両以上もの金子を与えておったそうな。それだけでうちの財産の三割分は十分にございます、そのうえ一口長屋の敷地と長屋ですと、冗談ではありません」

とまた話を戻し、大番頭の孫太夫からも、

「私もな、義助さんと小此木様の助勢を背後からなしますでな、なんとしても一口長屋を守ってほしゅうございます」

と小此木は乞われたのだ。

「最前から考えてますが、やはりこの一件、野分の文太親分がどう関わっているのかを知ることが、わっしらのなすべきことではねえか」

「そうじゃのう、それが最初の仕事かのう」

と義助の提案に小此木も応じた。

「ならばこの足で野分の親分の家に行ってみますかい。文太親分は女房に神田明神下で旅籠をやらせててな、旅籠の裏手の別棟が賭場なんだよ」

「ならば訪ねてみようか」

と話し合った両人は神田明神の坂下へと足を向けた。

「野分の親分はどのような御仁《ごじん》かな」

「お城近くで賭場を開いているくらいだ。町奉行所をはじめ、処々方々の役人にはそれなりの金子を渡してるぜ。とはいえ、強引な騒ぎはお城近くで起こしたくはないだろうな。話を聞かせてくれと願えば説明はしてくれると思うけどな」

と義助が頼りない返事をし、

「腹が減ったな」

と漏らした。

「そうか、われら昼餉を食しておらぬか」

「へい、野分の親分を訪ねる前に、そばを手繰っていこうか。小此木さんは江戸のそばを食ったことがあるかい」

「いや、ないな」

と答えた小此木が訊いた。

「義助どの、この一件、仕事と考えてよいのであろうか」

「その点についてはご心配なく、最前、九代目が、小此木さんがわっしを助けて働くならばそれなりのことをすると口にしましたな。わっしとしても一口長屋を嘉兵衛様の異母弟の次郎助なんかに渡したくはない。野分の親分との話次第では、わっしからも小此木さんの待遇を嘉兵衛様と大番頭さんに改めてお願いするからな」

と義助は言い切った。

第二章　道場通い

一

神田明神下同朋町《どうぼうちょう》の一角に総二階の旅籠かんだ川はあった。

野分の文太親分が表の商いとして女房彩《あや》にやらせていた。旅籠の路地奥に別棟の二階屋があって夜な夜な賭場が開かれていた。助八が借りをつくった賭場だった。

「なかなか立派な旅籠にござるな。われらが泊まれる宿ではないな」

小此木善次郎が漏らしたものだ。

「ああ、並みの旅人が泊まる宿でねえや。賭場の上客《じょうきゃく》の旦那衆を無料《ただ》で泊まらせて賭場で存分に金を使わせようという算段の旅籠でさ」

小此木と一口長屋の差配の義助のふたりが言い合っていると、

「おや、義助さんかえ」

と番頭と思しき男が表に出てきた。

「おお、新蔵《しんぞう》さん、商売繁盛のようで結構だね」

「表の商いの話ならば旅籠賃は一文も入りませんな」

「裏の商いで稼ぎなさるからね、表の商いは野分の親分の看板かね」

「まあ、そんなとこだね。今日はなんだえ、裏の客人ではなさそうな」

と新蔵が小此木を見た。

「ああ、一口長屋の新しい住人でね、神田明神門前町をあちらこちらと案内しているとこですよ」

「聞きましたよ。助八をぶっ倒した侍だね」

「へえ、で、助八はどうなりました」

「さあてね、私は承知していませんな。はっきりしていることはもはや助八がこの界隈をうろつくことはないということですよ」

番頭の新蔵の口調は、もうこれ以上助八について訊くなと言っていた。

「そりゃ結構ですと言いたいが、うちは助八に半年分のたな賃を取り損なっていましてね。えらい損ですよ」

「差配の義助さんとしたことが、あの手合いに引っかかるなんて珍しいね」

「あいつ、当初は前払いでたな賃を払っていましたからね、つい信用してしまいまして、大家にえらいこと叱られました」

と義助が漏らし、

「話は聞きました。うちも裏の商いで、なにがしか取りはぐれました。あいつ調子がいいからね、つい懐具合がいいんだろうと思わされました」

と新蔵も苦笑いした。

「で、なんの用事だね。うちに」

「お彩さんはおられますか。偶には時候《じこう》のご挨拶くらいしていかないとね、お互い神田明神下で商売をしている間柄ですからね」

「義助さんや、これまで時候の挨拶なんてあんたの口から聞いたことはないがね。まあ、お入りなさいな」

とふたりは旅籠かんだ川の暖簾《のれん》を潜《くぐ》った。

広々とした土間も上がり框のある板の間も、ちりひとつないくらいにきれいに掃除が行き届いていた。

小此木は、江戸の商いは奥が深いと思わされた。

奥から粋《いき》ななりの女衆が出てきた。大年増《おおどしま》だがなかなかの美形だった。

「お彩さん、相変わらずお美しゅうございますね」

「おや、気持ち悪いよ、番頭さん。一口長屋の差配さんに追従《ついしょう》なんぞ言われたよ」

「いえ、本気も本気です」

「そんなことより、なんの用事ですね」

「だからさ、用事があるようなないような。新入りの店子をこの界隈一の旅籠かんだ川さんに案内してきたんですよ。お彩さん、こちらの小此木さんになんぞ稼ぎ仕事があるようならばと思いましてね」

彩が小此木を見た。

「お侍さん、凄腕《すごうで》だってね。うちの旅籠にはお侍さんの仕事はないやね。かといって、裏の亭主のところは」

「まむしの兄さんたちがおられる。小此木さんの仕事はございませんか。お彩さんが承知のように腕はなかなかですよ」

「お侍の用心棒を使ったことはございませんよ」

とお彩が首を傾げたところに旅籠の奥から、

「姐《ねえ》さん、いい湯でございましたよ」

とまむしの兄いが姿を見せて、小此木善次郎を見て、にやり、と笑い、

「昨日の今日、おまえさんにはや会いましたね、小此木善次郎さんよ」

と言った。

「そなたの名は聞いておらぬな、まむしの兄いどの」

「おれなんぞはまむしで結構、それも毒なしのまむしだ」

「それではまむしではあるまい」

「ああ、そうかね。おりゃ、毒気なしの源三郎《げんざぶろう》だ」

「源三郎の兄さん、こちらのお侍になんぞ仕事はあるかね」

と彩が訊いた。

彩と源三郎は長い付き合いと見えて親しげだった。

「姐さん、おれと違ってこちらのお侍の仕事ならそれなりのものでないとね。親分に話をしたほうがいいな。だがよ、親分さんは本日外に出ておられて、賭場の開く五つ（午後八時）時分じゃないとお帰りあるまい」

とまむしの源三郎が言った。

「おや、親分は私に黙って出かけられましたか。近ごろは湯島切通町《きりどおしまち》の若い妾のとこにお通いかね」

「姐さん、承知かえ」

「まあね、女に買い与えた京友禅《きょうゆうぜん》の仕立て代の請求がわたしのところにきたのよ。親分のいい加減には呆れたよ」

「で、姐さんは払いなさった」

「致し方ないよ。妾に回すわけにもいくまい、仕立て代くらいでさ」

「姐さんが親分を甘やかしなさるからさ、親分の女遊びが止《や》まないやね」

と源三郎が笑い、

「小此木さんさ、おまえさんと親分を顔合わせさせたいな」

「仕事がありそうですかえ、まむしの兄さん」

と義助が口を挟むと、

「一口長屋の差配さんよ、一年に一度か二度の大仕事が小此木さんの出番だ。ひとつ仕事で一年は一家が凌《しの》げるような大仕事が似合いだよ。そんなときには声をかけようか」

と源三郎が言い切った。

「ありがてえ、これで一口長屋のたな賃の心配はなくなったぜ」

義助が本気かどうか、ほっと安堵《あんど》の息を吐いた。

「小此木さん、他になんぞおれが役に立つことがあるかえ」

「源三郎どの、感謝致す。顔の広いところでひとつだけそなたの知恵を借りたい」

「なんですね」

「この界隈に町道場はござらぬか」

「なに、道場破りをしなさるか」

「そうではない。稽古がしたいのだ」

「ほう、おまえさんが陰流苗木の稽古をする道場ね、おれが思いつくのは幽霊坂《ゆうれいざか》の青柳七兵衛《あおやぎしちべえ》道場かね、たしか神道流《しんとうりゅう》だと思ったが、城の北側一の道場だぜ」

と源三郎が言い、義助が、

「幽霊坂はさ、昨日、わっしと小此木さんが出会った淡路坂の一本南手にある石段道さ。おれも青柳道場はこの界隈一と聞かされたぞ。だがよ、小此木さん、おまえさんの懐には一両三分しか銭が残ってないよな。稽古代、払えるか」

と案じた。

「ううーん、江戸で高名な道場となると、入門料と稽古代は高いであろうな」

小此木善次郎が義助と源三郎両人の顔を見ながら訊いた。

「おい、一口長屋の差配、小此木さんに稽古代を払わせる心算《こころづもり》か」

「えっ、小此木さんの持ち金では無理か、まむしの兄い」

「義助さんよ、小此木さんの腕を知らないわけではなかろう」

「知っているけどよ、なにしろ一家三人で持ち金が一両三分だ。これで当分食っていかなきゃならないんだ」

「義助さんよ、小此木さんは稽古がしたいと申されているだけだぜ。入門料も稽古代もへちまもあるか。よし、おれが小此木さんを道場に連れていって掛け合ってやろう」

とまむしの源三郎がなにか考えがあるのか言い出し、

「姐さん、いいかね。お節介してさ」

と親分の留守の間は裏手の賭場の胴元《どうもと》を務めるという彩に許しを乞うた。

「まむしの兄さん、赤子を含めて一家三人、一両三分ではいかにも頼りないね。なんとか稽古代をちゃらにする手を考えてやりなさいな」

と彩が口を添えた。

淡路坂（一口坂）に並ぶ武家屋敷と若狭小浜《わかさおばま》藩酒井《さかい》家の江戸藩邸に挟まれた小さな石段を幽霊坂と呼ぶ。

神道流青柳七兵衛の道場は石段道の中ほど、旗本屋敷が櫛比する間にあった。元々青柳家は直参旗本の家系とか、末裔《まつえい》がその屋敷を拝領して神道流道場を何代にもわたって営《いとな》んできた。

まむしの源三郎は石段に足を止め、

「小此木さんよ、こちらが青柳道場だぜ」

と教えた。

長屋門のある道場は周りの旗本屋敷とよく似ており、敷地も五、六百坪程度かと小此木には想像された。

「覗いていくよな」

と源三郎が小此木の顔を見た。

「ぜひ拝見しとうござる」

「ならば入りねえ」

と長屋門を潜ると手に熊手《くまで》を持った老門番が三人を迎えた。

「おや、珍しいね、まむしの兄さん」

「七兵衛先生はおられるかえ」

「おお、道場におられるぞ。源三郎兄さんは勝手知ったる青柳道場だよな。案内することもねえな」

　と老門番が言った。

「源三郎どのはこちらの道場の門弟《もんてい》であったのかな」

「やくざ者のおれが青柳道場に入門できるものか。ちょっとした曰くがあってさ、青柳先生と何年も前にさ、お付き合いをさせていただいたことがあったのさ」

　と言った源三郎と善次郎らは式台《しきだい》のある表玄関ではなく、横手の内玄関から道場の廊下に上がった。すると開け放たれた道場の扉の向こうに木刀や竹刀《しない》を手に門弟らが稽古をする光景が見えた。

　道場の広さは見所《けんじょ》を入れて三百畳ほどか。見所といい、門弟衆が控える板壁前の休み所といい、なかなかの造りだった。

　一口長屋の差配の義助もなんとなく両人に従い、道場の隅っこに控えた。青柳道場の中に入ったのは初めてか、義助はいささか緊張しているように見えた。

　一方、小此木善次郎は手にした大刀と破れ笠を手に道場に入ったところで床に座し、神棚に向かって拝礼した。

「おお、源三郎か、久しぶりかな」

と声がかけられたのを耳にして小此木善次郎は顔を上げた。すると五十過ぎの稽古着姿の者が訝しげに善次郎を見ていた。

「青柳道場の筆頭師範の財津惣右衛門《ざいつそうえもん》さんだ」

善次郎を見た源三郎が紹介した。

「小此木善次郎にござる」

と挨拶した。

すると、三十数人の門弟衆の稽古を見ていたひとりの老武芸者がふたりのそばにつかつかと歩み寄り、

「源三郎、そなたがうちに武人を案内してくるとは珍しいな」

その口調から道場主の青柳七兵衛かと善次郎は推量した。その人物がちらりと善次郎を見た。

「青柳先生さ、こちらの御仁はよ、美濃国の小さな藩の家来だったそうだが、二年前、藩を離れてさ、おれの知り合いの長屋によ、妻女と赤子の三人で昨日から住まいすることになったのよ。それで剣道の稽古をしたいがどこか知り合いはな

いかと訊かれてさ、おれがお節介をしたのよ」

と源三郎が道場主青柳七兵衛にこう紹介した。

善次郎は無言で深々と拝礼した。

「源三郎、この御仁の流儀を承知か」

「おお、陰流苗木と夢想流抜刀技を代々教えていた藩師範の家系だったってよ」

「愛洲移香斎《あいすいこうさい》師創始の陰流あるいは影之流は承知だが、陰流苗木か。珍しい流儀じゃのう。ぜひ拝見したい」

一見して力量を察した青柳七兵衛が小此木善次郎の顔を見ながら言った。

「青柳先生、小此木善次郎と申す。向後、道場での稽古、お許しいただけましょうか」

「お互い剣術の道を志《こころざ》す者同士でござる。歓迎致す。さよう、そなたも相手がいたほうが稽古がしやすうござろう」

と言った青柳が筆頭師範の財津に何事か告げた。財津は三十数人の門弟の顔ぶれをあらため、

「壱場《いちば》どの、小此木どのと稽古をしてもらえぬか」

と声をかけると、おや、という顔で青柳は財津を見た。そして、

「木刀稽古ですか、師匠」

「お互い初めてゆえ、竹刀で好きなように打ち合うのはどうかな」

と青柳が竹刀での打ち合いを命じた。

善次郎は無言で頷き脇差を腰から外し、手にしていた大刀や破れ笠とともに道場の壁際に置いた。そして旅の陽射しにいささかくたびれた道中羽織を脱いで丁寧に畳み、持ちものの傍らに置くと、

「お待たせ致した」

とだれとはなしに詫《わ》びて立ち上がった。

すると筆頭師範の財津が善次郎に歩み寄り、

「当道場の門弟はそれなりの技量の者が三百人を超えて修行しており、大半が朝稽古に集まり申す。壱場裕次郎《ゆうじろう》どのもいつもは朝稽古の組でしてな、うちの門弟の中でも十指に入る実力の持ち主にござる」

と竹刀を差し出した。

「お借り申す」

とだけ善次郎は答えた。

師匠の青柳七兵衛が六尺を優に超える長身の壱場にも何事か告げていた。

壱場は小此木よりも三、四歳上か、技量と体力の均衡が取れている年齢だと思われた。

道場で稽古していた門弟たちは壁際に下がって、初めての打ち合い稽古をなす両人に場を空けた。

剣術に詳しくない義助は、

(うちの店子、えらいことになったぞ)

と緊張して道場の羽目板《はめいた》に背をつけた。

「ご両人は初対面ゆえ打ち合い稽古とは申せ、それがしが立ち会う。それでよろしいか、ご両者」

と筆頭師範の財津が許しを乞うた。

「お気遣い恐縮至極にござる」

と壱場裕次郎が財津に応じた。

その自信に満ちた言葉遣いは、青柳道場での実力とともに、壱場は大身《たいしん》旗本か大名家の家臣、それもそれなりの重臣の家系ではなかろうかと善次郎に推察させた。

善次郎は立ち会いの財津師範に会釈《えしゃく》した。

「小此木どのはどこぞの大名家家中におられたか」

と壱場が善次郎に問うた。

「二年ほど前まで美濃国苗木藩遠山家に奉公しておりました」

「ほう、苗木藩な、知らぬな」

とさらに問いかけようとする壱場に、

「壱場どの、ただ今は打ち合い稽古に専念されよ」

と財津が注意した。

「畏《かしこ》まって候《そうろう》、師範」

と言い放った壱場裕次郎が、ひょいと跳び下がって、善次郎から間合いを空けると竹刀を片手正眼《せいがん》に取った。

それを見た善次郎はその場で軽く一礼すると、陰流苗木の教えどおり竹刀の柄を両手で保持して正眼に構えた。

両人の構えを見た財津が、

「稽古始め」

と宣告した。

その瞬間、善次郎よりも優に三寸（約九センチ）は背の高い壱場裕次郎が片手正眼の竹刀を上段《じょうだん》に上げていった。そして、なんとも大きな上段の構えに移した。

だが、善次郎はその場を動くことなく正眼の構えを崩そうとはしなかった。それを見た壱場裕次郎が、上段に構えた竹刀を前後に振って、善次郎に誘いかけた。

壱場の動きから、

(こりゃ、稽古じゃねえな。いっぱしの勝負ではないか)

と剣術の立ち合いを初めて見た義助は案じた。

善次郎は構えを崩さなかった。踏み込めば上段から面打ちを仕掛けてくると思った。ならば動きを見てからでも遅くはないと考えたのだ。

「打ち合い稽古に後《ご》の先《せん》か」

と壱場裕次郎が囁《ささや》いた。

師範の財津が壱場を見やったが、なにも言わなかった。

「よし、ならばそれがしから参る」

と宣告した壱場裕次郎が踏み込むと同時に上段打ちを放った。

不動の善次郎が壱場の上段打ちを竹刀で弾《はじ》きながら突っ込んでくる相手の左に避けた。いや、そよりと身をわずかに流して、壱場裕次郎の長身を避けていた。

同時にくるりと身を反転させて、正眼に戻していた。そして、裕次郎が構えを戻すのを静かに待った。

なにか言いかけた裕次郎が我慢して、竹刀を両手正眼へ初めて取った。その顔は真っ赤に上気《じょうき》していた。

「それでは稽古になるまい。青柳道場で稽古をしたければ竹刀を振るわれよ」

と壱場が戒《いまし》めた。

二

善次郎が軽く頷くと間合いを詰めた。

青柳七兵衛は、

(ほう、水の流れのような動きかな)

と善次郎の動きを見た。

さらに一歩詰めた。

それを見た壱場が、

(ご覧あれ、神道流)

とばかりに大胆にも悠然と踏み込んできた。

両人が同時にそれぞれの竹刀に意を伝えていた。

裕次郎の面打ちが豪快にも善次郎を襲った。

善次郎の竹刀の動きは相手の面打ちの動きを見つつ柔らかく合わせて弾いていた。

弾かれた裕次郎の竹刀が流れた。それでも壱場は面打ちに拘り、続けざまに強打を放った。

善次郎は連鎖した強打に丁寧に竹刀を合わせながら、裕次郎の大きな身体の均衡が崩れるのを待った。

片方が力任せに相手を押し潰すように面打ちを振るい、受け手がその意図を察して流していると見物の門弟衆は見ていた。

攻めている壱場裕次郎が力に任せて動いている分平静を欠いており、受け手の小此木善次郎が相手の動きを静かに見ていた。

立会人の財津は、いつも以上に壱場裕次郎は強引過ぎると思っていた。裕次郎は師範から名を呼ばれた段階で、

（よし、幽霊坂の青柳道場の強さを教えて遣わす）

と初めて道場を訪れた小此木善次郎に立ち合っていた。一方、片方は淡々とその攻めを受けていた。

義助は、

(こりゃあさ、刀じゃないがよ、真剣勝負だぞ)

と新しい一口長屋の住人の身を案じた。だが、勝負といっても竹刀での打ち合いだ、叩かれても死にはしまいと自らに言い聞かせていた。

なにしろ壱場なる青柳道場の門弟は小此木よりも背丈が高く鍛え抜かれていると思った。

師範の財津がちらりと七兵衛を見た。

七兵衛は少なくともこの立ち合いでの両者の気持ちの余裕を察していた。長年の門弟の壱場に恥をかかせるわけにもいくまいと思っていた。だが、七兵衛は、この際、壱場裕次郎のためにとことん立ち合いを続けさせることを無言裡《り》に師範に告げていた。

裕次郎は立ち合いを主導しているのは己と確信していた。相手はこちらの動きに従ってくると信じていた。そこでひょいと間合いを空けて竹刀を上段に構え直した。その動きを善次郎は見つつ、相手が間合いを空けた分詰めていた。

（見よ、相手はそれがしの動きに従いおるわ）

とばかり裕次郎の上段の竹刀が踏み込んできた善次郎の面を強打した。いや、その瞬間、裕次郎は善次郎の竹刀が動いていることを見失っていた。

（面打ち、届いた）

と思った瞬間、撓《しな》るような胴打ちが寸毫《すんごう》先に裕次郎に決まり、横手に長身が吹き飛んでいた。

床に転がった裕次郎は一瞬なにが起きたか理解できず、無意識のうちに立ち上がろうとした。だが、腰も足もしびれて上体を起こすことさえできなかった。

（ありゃ、小此木の旦那が勝ったぞ）

と義助が驚愕し、

（美濃の在所者、やりやがったぜ）

と両人を知る源三郎は複雑な気持ちになった。

壱場裕次郎は、

「な、なんと足が不意に攣《つ》りおったわ」

と言いつつ、それでも起きようと試みた。そして、

「師範、しばし時をくだされ」

と願っていた。

善次郎は、最初の立ち合いの位置に静かに戻っていた。

「立ち合い稽古は終わり申した」

財津師範が初めての訪問者に告げた。

「し、師範、それはあるまい。それがし、足が攣って自ら転がり申した。しばらく時をもらえれば常態に戻る」

と主張する壱場裕次郎に、

「壱場裕次郎どの、そうではないのだ、小此木善次郎どのの胴打ちが決まり申した」

と財津が告げた。

「はっ、さようなことはあり得ませんぞ」

となんとか応じた裕次郎に、

「本日の動き、いつもの壱場裕次郎どのらしくないな。攻めることに没頭《ぼっとう》して相手の攻めが見えなかったか。時として上手《じょうず》の手から水が漏れることがあるわ」

師匠青柳七兵衛が静かな口調で教え諭《さと》した。

「えっ、さようなことが」

と裕次郎は手で力の萎《な》えた脇腹を触った。痛みが走った。

（…………）

言葉を失った裕次郎から、静かに控える小此木善次郎に視線を移した青柳七兵衛が、

「恐ろしや、陰流苗木」

と言葉を漏らした。

善次郎はただ会釈で応じた。そして、

「青柳先生、当道場での稽古、お許しいただけましょうか」

と念押しした。

「むろんです。初めて陰流苗木を知った壱場裕次郎どのは平静を欠いておった。次なる稽古の折りはお互いもう少し充実した打ち合いができよう。他人の剣術を知ることは剣士にとって互いに有意義なことでな」

と裕次郎を見て師匠が告げた。

「そ、それがし、相手の攻めに倒されたと申されるか」

と繰り返し問うた裕次郎は、呆然自失《じしつ》した。

「壱場裕次郎どの、立ち上がれるかな。しばし控えの間で休まれよ」

と財津師範が言った。

「大した打撃ではござらぬ」

と言い放った壱場裕次郎がなんとか立ち上がり、控えの間によろよろと向かった。

善次郎はその壱場の背に一礼した。

「そなたら、小此木善次郎どのと稽古をなす気があるか否《いな》か」

と財津が声をかけた。

だが、壱場裕次郎が受けた胴打ちの一撃にだれもが声を上げられなかった。すると、

「小此木どの、それがし、身をもって陰流苗木を知りとうござる。立ち合いを願えようか」

と財津師範が笑みの顔で乞うた。

「おお、こちらこそ願ってもなきこと、師範どの、ご教授くだされ」

と両人が道場の中央で向き合った。

この日、小此木善次郎と財津惣右衛門両人は、忌憚《きたん》なくも知りうるかぎりの技を出し合い、四半刻《しはんとき》(三十分)ほど充実した稽古をなした。

お互いの武芸者としての立場を尊《たつと》んだ稽古だった。

「どうだな、師範」

青柳七兵衛が稽古を終えた財津惣右衛門に問うた。

「小此木どのの陰流苗木、多彩にして奥が深うございますな。それがし初めて接する剣術にございました。剣術の基《もとい》の動きと技が小此木どのの五体に沁《し》み込んでおります。実に素直な剣術ですが、その動きについていくのに必死でござった」

と財津は答えていた。それを耳にした善次郎は、

「いえ、こちらこそ神道流の奥義《おうぎ》の一端を見せてもらい幸甚にございました。江戸に出てきたばかりにも拘わらず青柳道場を知る。案内してくれた源三郎どのに感謝でござる」

と道場の片隅から稽古を見物していた源三郎に礼を述べた。

ふっふっふふ
と笑みを浮かべた青柳七兵衛が、

「まむしの源三郎、そのほうはなんとも妙な御仁よのう。なぜ小此木どのをわが道場に連れてまいったな」

「わっしら、知り合ったばかりですぜ。まさかこれほどまでの腕前の御仁とは夢にも思いませんでな。あの道場の羽目板にへばりついている差配の義助が、わっしよりいくらかあのお方を承知ですぜ」

と前置きした源三郎が義助を見所に呼び寄せ、道場主に紹介した。

小此木善次郎はというと、よほど道場での稽古に飢《う》えていたか、自分から頼み込んで門弟たちと稽古を始めていた。

それを見ていた青柳七兵衛が、

「義助とやら、そなたが知る小此木善次郎どのとはどのような御仁かな」

と改めて訊いた。

「へえ、昨日の夕暮れ前に一口坂下で偶さか会いましてな、わっしも長い付き合いというわけではないんでございますよ。長旅をしてきた様子で、妻女の背に赤子が負われた一家三人を見てね、わっしが差配する長屋に咄嗟に住まわせることにしたんでさ」

「そなた、初めて会ったばかりの者をいきなり長屋に住まわせたことがこれまでもあったか」

「いや、これまで口を利いたこともないお侍を長屋に住まわせたことなどありませんや」

と否定した義助が、

「だがね、人柄も穏やかでございますしね、たな賃を半年以上もためた住人のひとりを追い出したばかりでね、なんとなく住まわせようかと思いましてね」

と昨夕以来の経緯を大雑把《おおざっぱ》に告げた。

「ほう、騒ぎに巻き込まれた長屋の幼子を、小此木どのが咄嗟に動いて助け出されたか」

「へえ、昨日の宵はわっしもぶっ魂消ましたぜ。だけどよ、美濃から二年がかりで江戸に出てきた在所者の浪人さんがさ、青柳道場の門弟をあっさりぶっ倒すほど強いとは思いませんでしたぜ」

「義助とやら、小此木善次郎どののほどの技量を有した武芸者は公儀《こうぎ》にも諸大名家にもそうそう見当たるまい。そなたはすでに承知のようじゃが、穏やかな人柄もよろしいな」

「先生さ、青柳道場には何百人もの門弟衆がいると聞いたが、小此木さんは何番手の腕前かね」

義助は剣術も青柳道場も知らぬゆえに思いついたことを質した。

「そなた、最前、わが門弟と小此木どのの立ち合い稽古を見たな。あの者はうちでも十指に入る技量の持ち主だ。本日の立ち合いの意を勘違いした壱場裕次郎の完敗じゃな。小此木どのはそれほど強いわ」

「そうか、青柳先生と比べたらどうだ」

義助はずけずけと当人に問うた。

「それがしと小此木善次郎どのが立ち合うことはなかろうな。互いに力を承知ゆえな」

とあっさりと言い切り、話柄を変えた。

「義助、小此木どのは手元不如意《ふにょい》と言うたな」

「おお、おかみさんが旅の空の下でさ、子を産んだ折り、その費《つい》えがなくてよ、一度だけ道場破りをしたそうだぜ」

「なにっ、源三郎、さようなことは最前言わなかったな」

と青柳がまむしの源三郎を睨《にら》んだ。

「先生にさ、そう承知でうちの道場に連れてきたかと叱られそうでさ」

と言い訳し、義助が、

「青柳先生は人柄を見抜いてよ、事情ありやなしやを察するお方だよな。それで連れてきた」

と言い添えた。

「そなた、小此木どのに藩を抜けられたあとのことを質したか」

「へえ」

と返答した義助が知り得るかぎりの話をした。青柳七兵衛の話しぶりで小此木の人柄を認めていると察せられたからだ。

「小此木どのはそなたが差配する神田明神下の裏長屋に住まいする気だな」

「おお、大家の越後屋にも許しを乞うたからさ、差し当たってうちに住むな。ところでさ、小此木さんは手元の金子を、ううーん、一両と三分ほどしか持っていないんだ。こちらの道場の入門料とか稽古代はいくら支払えばいいんだな。当人も気にしているぜ」

ふっふっふふ
と笑った青柳が、

「うちの客分師範として道場に通ってこられれば、些少《さしょう》だが指導料を払えよう。義助、そなたが小此木どのに質すか、それともそれがしが小此木どのと話そうか」

「なに、稽古代は支払わなくていいのか」

「うちが払うのが至当だな。とはいえ多くは払えぬぞ」

「そりゃ、小此木さんと師匠の両人とで直《じか》に話したほうがよかろうぜ」

と両人は青柳道場の門弟衆のひとりと稽古をなす善次郎を見た。

「先生よ、最前とは小此木さんの稽古ぶりが違うと思わないか。師範さんともそうだったが、実に楽しそうに稽古していると思わないか」

「いかにもさよう。剣術の稽古が大好きなのだ。あれが小此木善次郎どのの剣術家としての強さの秘密だな」

と言った。

青柳は最前から黙ってふたりの問答を聞いていた源三郎に、

「そなた、小此木どのの腕前をそなたの親分のところで使う心算ではないか」

「そんな考えがねえではなかったさ。だが、小此木さんの人柄を知るにつれて迷っているところでさ。親分は未だ小此木さんとは会ってないんだ。むろんおりゃ、殺しだ、なんだって乱暴な話に巻き込む気はないがね」

と源三郎が首を傾げて考え込んだ。

「どんな仕事がうってつけか、しばらく江戸で暮らして決めればいい」

青柳七兵衛が淡々と言った。むろん青柳も源三郎と付き合いがある以上、野分の文太の賭場がどんなところかおよそ承知だった。


幽霊坂からの帰り道、義助が善次郎に訊いた。

「青柳道場の指導料はいくらだって」

「おお、そのことか。ご両者に感謝せねばならんな。入門料も稽古代も払わんでよいそうだ。そのうえ指導料として月々一両二分頂戴することになったのだ」

「おお、一両二分か。それでは一家の暮らしは立たんな」

と源三郎が応じて、

「やはりうちでなにがしか稼ぎ仕事がいるな」

「ご両人はあれこれと知恵をお持ちだな」

と善次郎が感心した。

「まむしの兄いが用心棒をなす賭場には大勢の遊び人が出入りするからな、稼ぎ仕事もあれこれあるわ」

と義助が言い、

「とはいえ、小此木さんの人柄と腕前を知ったらさ、チンケな騒ぎの始末は頼めねえや。しばらくさ、一口長屋と幽霊坂を往来していねえ。それなりの稼ぎ仕事を親分に頼んでおくからさ」

と源三郎が言い添えた。

「ありがたい。ひと月程度ならば持ち金で暮らしも間に合おう、美濃の苗木城下ではさような稼ぎ仕事はまずござらぬ」

と善次郎が応じたとき、三人は昌平橋を渡っていた。

「源三郎どの、親分にご挨拶申して仕事のこと、願おうか」

「小此木さん、親分の帰りは五つの刻限よ。となると賭場に直行で母屋《おもや》には立ち寄るめえ。なにしろ女のところにいたのだから」

「おお、そうであったな。ならば親分への挨拶は他日でよいかな」

「わっしが賭場の開いているうちに本日のことは告げておく。今日のところは一口長屋に義助といっしょに帰りなされ」

と言われ、神田明神下でふたりは源三郎と別れた。

刻限はいつしか六つ近くになっていた。

「義助どの、われらが会ったのは昨日のこの刻限ではなかったか。それがしには江戸に辿《たど》りついてから何月も過ぎたように思える」

と善次郎が正直な感想を述べた。

「江戸は人が多いからね、それに金も物も動くし事が一気に進むからよ。そんな気持ちにもなるのよ。たしかによ、半日であれこれと物事が決まったな」

と義助が言った。

「義助どのや源三郎どのがおられたからな」

「それもないとはいえねえ。だがよ、こいつはな、小此木さんの人柄と剣術の技量があってのことだぜ。江戸ってところはどんなことでも起きるし、金も動くからね。おれの考えだが、おまえさんさ、十日もしたら仕事が舞い込んでくるぜ」

「そうであろうか」

一口長屋への坂道を上りながら義助が言い切ったが、善次郎には即座に信じられなかった。

黄葉した紅葉《もみじ》の枝が差しかかる長屋の木戸に辿りつき、ほっと安堵した。たった一日しか経っていないにも拘わらず信じられないことばかり起きた。

義助が一口稲荷の分社の小さな祠《ほこら》に足を止めて拝礼するのを見て、善次郎も頭を下げて感謝した。

井戸端に女衆がいて夕餉の仕度をしていた。

「お帰りなさい」

佳世の声まで一口長屋に馴染《なじ》んだ感じがした。

「われら、あれこれとあって帰りが今になった。幽霊坂の剣道場で客分ながら働かせてもらうことになった。剣術の稽古ができるうえに月に一両二分、指導料を頂戴することになった。これも差配の義助どのと源三郎どのの力添えがあったからだ」

「おまえ様、それは朗報《ろうほう》にございます。苗木ならばなんとか生計《たつき》が立ちますね」

「おお、苗木ならばな。江戸ではそうはいかぬようだ。もうひとつ仕事が見つかると暮らしの目処が立つ」

と善次郎が告げると、

「それがさ、大家の越後屋から声がかかっているんだよ。どう考えてもお侍さんの仕事の口だよね」

と差配の女房の吉が言った。

「おお、みな。おれが言ったろ、江戸では物事が一気に進むとよ」

と応じた義助が、

「小此木さんよ、この足で坂上に上がるかえ」

「おお、善は急げと言うでな」

とふたりが言い合っていると、

「越後屋の使いの手代がね、明日四つ半（午前十一時）時分にお侍さんひとりで店に来いって、大番頭さんの言葉を言い残していったよ」

と吉が言った。

「おれは行かなくていいのか」

「おまえさんは今日、半日ふらついていたんだ、明日は長屋で仕事だよ」

と吉に言われた義助がどことなくがっくりした。

三

翌早朝、小此木善次郎はおよそ七つ半（午前五時）の刻限に一口長屋を出て神田明神下から昌平橋を渡り、幽霊坂の神道流青柳道場を訪れた。長屋で稽古着に替え、愛用の木刀を携《たずさ》えていた。むろん大刀は稽古着の腰に手挟んでいた。

道場にはすでに百人以上の門弟がいて、稽古を始めていた。

筆頭師範の財津惣右衛門が、

「おお、今朝は稽古着でお出でか。うむ、やはり着慣れておられる、お似合いじゃ」

と古びた稽古着を褒めた。佳世が破れたところにはつぎを当て、解《ほつ》れたところは丁寧に手入れをしてくれた代物《しろもの》だ。

「筆頭師範、今朝はなかなかの門弟衆の数かな」

「これから四半刻のうちに二百人は超える門弟衆が集い稽古に励《はげ》むぞ。おお、そうじゃ、そなたの相手な、待ちなされ」

と門弟衆を見回していたが、

「能勢右京《のせうきょう》どの」

と三十年配の門弟を呼んだ。

背は高くはないが稽古を積んだしっかりとした体つきの門弟がきびきびとした動きで筋肉をほぐしていた。

「師範、お呼びかな」

能勢と呼ばれた門弟がふたりのところに木刀を手に歩み寄ってきた。

「小此木どの、能勢どのは、この界隈の丹波篠山《たんばささやま》藩青山《あおやま》家の御番衆《ごばんしゅう》でな、江戸藩邸の道場師範を務めておられる。うちの道場でも技量は抜きんでておられる」

と紹介し、こんどは能勢に、

「昨日、青柳先生より客分格で稽古に通うことを許された小此木善次郎どのだ。国許では陰流苗木と夢想流抜刀技を教える家系であったとか。お互い指導者を務める間柄、よき稽古相手になろうと思うてな、お呼びした」

と初対面のふたりを引き合わせた。

「おお、さようか。それがし、このお方の稽古相手が務まろうか」

と応じた能勢の謙虚《けんきょ》な口調に小此木はなんとなく昨日の道場での出来事を承知のような気がした。だが、そうは一切口にせず能勢右京は、

「それがし、陰流苗木は初めてにござる。ぜひ伝授くだされ」

と自分より四、五歳は若い善次郎に願った。

「能勢様、美濃で学んだ在所流の剣術でござる。よろしくお相手くだされ」

と初対面の挨拶をなした両人は、互いに手にした木刀を自然に構え合った。

竹刀稽古とは違い、初対面の相手との木刀稽古は一歩間違えば大怪我を負うことになる。ゆえに両人の技量が拮抗《きっこう》し、人柄が寛容《かんよう》であることが重要だった。そのことを筆頭師範の財津は承知して善次郎の相手を能勢に命じたのだ。

そのうえ財津は両人の稽古の立会人を務める気配を見せた。

相正眼に構え合った能勢も善次郎も相手の技量をすぐに察し合った。

しばし見合った両人は阿吽《あうん》の呼吸で木刀を緩《ゆる》やかに振るい始めた。互いが攻守を替えつつ、相手の呼吸を読んで木刀を合わせた。相手をねじ伏せるという気持ちは一切ない。互いの業前を知るために木刀の動きを変化させ、振るっていた。

両人の体がほぐれてきて木刀を合わせ、弾き、攻守を交代する間合いが一段と素早くなり、段々にお互い五体の動きと業前が読み取れるようになった。

どれほど木刀を打ち合わせ、弾き返し、構えを変えて木刀を振るったか。

善次郎は相手の眼の表情を読みながら木刀を動かしていたが、次に木刀を合わせたその瞬間、自ら身を引き、

「能勢様、ご指導ありがとうございました」

と礼を述べた。すると能勢もまたゆっくりと木刀を引いた。

両人の木刀稽古を見ていた筆頭師範の財津が、

「どうだな、能勢どの」

と青柳道場の高弟《こうてい》に質した。

「筆頭師範もお人が悪うございますな。陰流苗木、すこぶる厄介ですぞ。それがしのように江戸藩邸やこちらで道場稽古を積んだだけの者とは大いに異なりまし

よう」

能勢が善次郎の剣術に実戦経験があることを察したのだろう、遠回しに師範に質していた。

「美濃国苗木藩にて家臣として奉公されていた折りには、代々陰流苗木と夢想流抜刀技を教えられていたと稽古前に申し上げたな」

「お聞き申した」

と能勢が頷き、

「さる事情にて夫婦ふたりして藩を離れられたのち、旅の空の下でご新造どのが懐妊されたそうな。見知らぬ土地で初めての子を生す経験を小此木夫婦はなされて、二日前に川向こうの神田明神下の長屋に住まいを決められたばかり、国を出て江戸に辿りつくまで二年を要したそうだ」

「それはえらいご苦労をなされたな」

「能勢どの、小此木善次郎どのは生計《たっき》のため一度だけ道場破りをされたと聞いた」

「おお、命をかけた勝負を一度だけな。われらの道場稽古と違うはずだ」

と能勢が感想を述べたが、その口調には含みが感じられ、

「いや、道場破りは止《や》むに止まれず一度だけでござろう。だが、小此木善次郎どのの陰流苗木にはわれらの知らぬ経験が潜《ひそ》んでいるような気が致してな。小此木どの、勝手な推量じゃ、間違っておったらお許しくだされ」

「能勢様や師範がお考えになるほど、それがしは多彩な経験をしておりませぬ」

と善次郎が否定すると、

「ううーん、それがしもな、昨日から小此木善次郎どのの稽古を見ておって、陰流苗木の一部しか見ておらぬ気が致す」

と師範が漏らした。

「筆頭師範、それがしの剣術がこちらの青柳道場の雰囲気を穢《けが》すようなれば正直に申してくだされ。それがし、道場に通うことを止め申す」

「小此木どの、それがしの言葉を誤解せんでくだされよ。能勢どのもそれがしもそなたの剣術にいささかの穢れもないと知ったうえで申しておるのだ、というよりそなたの剣術にさわやかさすら感じる。木刀を交えられた能勢どの、いかがお考えか」

「いや、師範が申されたとおり、それがしもそう思います」

と能勢が言い切った。

「われらふたりの言葉どおり、そなたの剣は神道流青柳道場によき影響を与える気がしてな。のう、能勢どの、そうではござらぬか」

「いかにもいかにも、師範の申されたことに尽きるわ」

「ご両人、ちとこちらでお待ちなされ」

と断った財津師範が見所に立ち、百人を大きく超えた門弟の稽古を見ていた道場主青柳七兵衛のもとに行き、短い問答をしたのち、ふたりのもとへ戻ってきた。

「小此木どの、それがしの願いを聞いてくれぬか」

「なんでございましょう」

「昨日関わりを持ったばかりのお方にかような願いをそれがし、これまでしたことなし。できることとなれば、夢想流抜刀技を拝見できませぬか」

「おお、それがしもぜひ見たいものじゃ」

と譜代《ふだい》大名丹波篠山藩青山家の家臣の能勢が即座に賛意を示した。

「小此木どの、無理にとは申さぬ。最前から申すようにそなたの人柄と技量に惚《ほ》れ込み申してな。ちなみに道場で真剣を振るう許しは道場主青柳七兵衛先生より得てござる」

と言われた善次郎は断る術をなくしていた。すでに一昨日《おととい》、一口長屋に居住したいがゆえに差配の義助に乞われて抜刀技を見せていた。

「繰り返しになり申すが、美濃国の片田舎の小名《しようみよう》苗木藩の小此木家に伝わってきた抜刀技ゆえ、天下に広く知られた林崎《はやしざき》夢想流居合術とは大いに異なっておるやもしれませぬ。さような武術の披露《ひろう》をお望みですか」

善次郎の念押しに両人が頷いた。

しばし無言のまま立っていた善次郎が、

「控えの間にて刀を持参してまいる」

と断って道場を出た。

美濃国苗木藩の小此木家に代々伝わってきた相模国鎌倉住長谷部國重と称される一剣が真に國重の鍛造《たんぞう》したものかどうか善次郎は知らなかった。いや、どうやって先祖がかような刀を手に入れたかも知らずして、ただ長谷部國重と信じてきた。

刃渡り二尺三寸五分を稽古着の帯に差し、道場へと戻った。なんと二百人以上の門弟衆が稽古を止め、壁際に下がって道場の中央を空けていた。

道場の入り口に夢想流抜刀技披露のきっかけをつくった筆頭師範の財津惣右衛門と能勢右京両人が待ち受けていた。

「ご苦労に存ずる。なんぞ入り用のものはおありかな」

と能勢が問うた。

「それがし、本日稽古着にて道場に参ったゆえ美濃紙を携えておりませぬ。どなたかお持ちにござろうか」

懐紙《かいし》、懐紙《ふところがみ》と呼ばれるものを美濃では、美濃紙と呼んだ。

「懐紙のことでござるな。それがし、持参しております」

と能勢が応じた。

「いまひとつ。能勢様、それがしの助勢をしていただけませぬか」

「むろん小此木どのの夢想流抜刀技の手伝い、大いに光栄に存ずる」

とこんどは能勢が控え部屋に下がった。そして即刻懐紙を襟元《えりもと》に入れ、自らも稽古着の帯に大刀を差し落とした能勢が戻ってきた。小此木の抜刀技披露に武士として応えたいと思ってのことか。

「能勢様、それがしといっしょに道場の中央にお出でくだされ」

と願った善次郎と能勢右京はがらんと空けられた道場の中央に立ち、神棚が設けられた見所に向かうと、善次郎はいったん手挟んだ國重を腰から外し、座した。

助勢方の能勢右京も善次郎を真似て剣を外し、床に正座した。

その気配を感じた善次郎がゆっくりと神棚に向かい、拝礼した。そして、顔を上げると、

「道場主青柳七兵衛様、ご門弟衆ご一統様。

わが小此木家に伝わりし夢想流抜刀技、披露申し候。

ご覧あれ」

と淡々とした声音《こわね》で言うと立ち上がり、國重をふたたび悠然と腰に差し落とした。

能勢右京も善次郎を見習って、黒漆塗打刀拵《くろうるしぬりうちがたなこしらえ》の重厚な造りの大刀を腰へと戻した。

「能勢様、襟元の美濃紙、お好きな折りに虚空に投げ上げてくだされ」

と助勢方を願った。

「小此木どの、一枚では直ぐに床に落ちませぬか。何枚か重ねて虚空に飛ばしましょうか」

「お好きな折りにお好きなようにどこへでも飛ばしてくだされ」

「あとは小此木どのの技が見せ場をつくられますな」

「見せ場になりましょうかな」

と案じた善次郎に、

「どうやら難しければ難しいほど遣《や》り甲斐《がい》があると申されておるようだ」

と能勢が応じた。

青柳道場に控えた大勢の門弟衆の見守る中、善次郎と右京は微笑《ほほえ》み合って問答を交わした。

「能勢様、それがしの在所芸に加わられても一向にかまいませんぞ」

と最後に善次郎が伝えた。

善次郎は財津師範と能勢の問答の中で、陰流苗木の全貌《ぜんぼう》を披露していないと告げられたが、未だ江戸に出てよりだれにも告げていないことがあった。善次郎と佳世は国許の苗木を離れたとき、江戸を目指してはいなかった。名古屋《なごや》に向かう道中で佳世が懐妊したのだ。そのため滞在した大垣《おおがき》城下で覚えた見世物芸があった。その技を披露しようとしていた。

「それがし、夢想流抜刀技を修行したことなし」

と能勢右京が答えた。

「何事も最初が肝心にございます」

思わず右京が微笑んでいた。

「おい、能勢どのは昨日入門の新入りと昵懇《じっこん》か」
「さあてな、あの者、客分として青柳道場に縁を持ったというぞ」
と無言で見つめていた門弟衆が小声で言い合った。
道場内を沈黙が支配した。
両人が間合い一間（約一・八メートル）余で向き合った。
能勢の稽古着の襟元から懐紙の束が見えていた。
善次郎は刀の鯉口にも柄にも手をかけず、両手を垂らしていた。
両人が見合った瞬間、能勢が一枚の懐紙を抜くと胸の前に舞わせた。
虚空にふたつ折りの懐紙が寸毫の間、浮かび、すっと床へと落ちていく。
善次郎は懐紙の落下を黙然《もくねん》と見ていた。
(床に落ちますぞ)
と能勢右京が無言裡に眼差しで訴えた。
それでも善次郎は動かない。
「ううーん」
と門弟衆のひとりの口から訝しさが漏れた。
床に接地するかしないか、不動の善次郎が動いた。

次の瞬間、善次郎の腰の國重が光になって床に接しようとした懐紙を掬い上げるように躍った。

刃が懐紙をふたつに切り分けて床から虚空へとふたたび舞い戻らせていた。光は虚空でさらに反転し浮かび上がってきた懐紙を四つにしていた。

能勢は小此木善次郎が余裕をもって刀を振るっているのを見ていた。

刃が躍るたびに懐紙が虚空を上下しつつ小さくなって数が増していく。

(なんということか)

能勢は次なる懐紙を何枚か重ねていつ投げるか、思案していた。

善次郎の動きが止まった。

指先ほどの大きさに切られた懐紙は善次郎の頭の上でゆっくりと舞っていた。

國重を手にした善次郎がその模様を見ていた。

何十枚になったか、懐紙がゆっくりと善次郎の眼前を落ちていく。

不意に善次郎の両手が動き、刃が鞘に音もなく納められた。

一瞬後、ふたたび刃が抜かれて光になり、五体を躍らせた善次郎の刃が舞った。

小さくなった紙片がさらに小さく切られた。

踊っていた。

舞っていた。

國重の刃とともに小此木善次郎自らが舞っていた。そして刃が小さな紙片を切り分けるたびに躍り、次の瞬間には刃を鞘に納めて落下する白い紙片を眺めた。ゆっくりと腰を沈めると同時に幾たび目か、刃が抜かれて紙片はさらに小さくなっていった。

白い雪が幽霊坂の青柳道場に舞っていた。

なんとも不思議な光景に逆らうように能勢右京が動いた。

何枚か重ねた懐紙を頭上に投げ上げた。重ねられた懐紙が雪の降る虚空に交じって躍った。

そのとき、善次郎の國重は鞘に納まっていた。

見物の衆にはゆっくりと思える時が流れたように思えた。いや、寸毫であったかもしれない。

善次郎の五体が虚空に飛んで、刃が抜かれ、重ねられた懐紙を切り分けた。すると重なっていた懐紙がふたつに分けられると同時にばらばらになった。その動きのせいか、小さな紙片、白い雪が虚空高く舞い上がっていった。

その間にも善次郎の國重は新たな懐紙へと挑み、切り分けていたが、

すとん
と着地したとき、刃は鞘に納まっていた。

しばし虚空を見ていた善次郎が傍らで虚空の変事を呆然と見ていた能勢右京に、

「能勢様、これは抜刀技ではございません。遊びに過ぎませぬ。どうですな、遊んでみませんか」

と唆《そそのか》した。

「遊びか、わが刀を遊びに使ったことはなし、されど物は試しなり」

と己に言い聞かせるように言うと、善次郎の抜刀の構えを真似て一気に豪剣を抜き放った。

「おお、見事みごと」

と褒められた能勢が抜き放った刃で、未だ大きい懐紙を切った。いや、切ったと思ったが、叩いていた。そのために懐紙の数枚が床に落ちていった。だが、能勢は刃を振るい続けた。

どこがどう違うのか、能勢の刃では懐紙を切り分けることはできなかった。

善次郎が、御参《ござん》なれ、とばかり國重を抜くと落ちてきた懐紙を掬い上げるように、これまで以上に激しい動きで刃を振るった。

もはや抜刀して納刀する暇はなかった。

ひたすら動きひたすら切り分けた。

そんな様子を能勢が抜身を手に呆然と見ていた。

どれほどの時が過ぎたか。

青柳道場の広い空間に雪が舞っていた。

季節は夏だというのに真っ白な雪がちらちらと舞い散っていた。

もはや善次郎は國重を振るうことなく鞘に納めていた。

「小此木どの、これが遊びにござるか」

「いかにも遊びに過ぎませぬ。かような時節に雪は降りますまい」

「夏には雪は降りませんな」

能勢右京が刀をゆっくりと鞘に納めると、

「夢想流抜刀技、たしかに拝見致しましたぞ」

とにっこりと笑って言った。

ゆっくりと夏の雪が降り積もって青柳道場の床を白く染めていた。

青柳道場にいる全員が広い道場を埋めた白い雪を見ていた。

佳世が懐妊して滞在した大垣城下で習い覚えた見世物芸であり、稼ぎのひとつだった。

四

小此木善次郎は青柳道場での稽古を終えて、いったん一口長屋に戻り、着流しに筒袴の姿に着替えた。たしかに江戸ではかような野暮ったいなりの者はひとりとして見かけなかった。が、ただ今の善次郎にはこのなりしかできなかった。

佳世と芳之助に見送られて一口長屋の木戸門を出ようとすると、紅葉の木の下に差配の義助がいた。

「幽霊坂の道場の稽古には慣れたかえ」

「道場の門弟衆は親切でな、楽しく稽古をさせてもらった」

「昨日、おまえさんと立ち合った壱場裕次郎の姿はあったかえ」

「いや、壱場どのの姿はなかったな」

「おまえさんにあっさりとやられたな、仲間の門弟の前でよ。もう壱場裕次郎は道場に来ないかもしれないな」

「いや、青柳道場の高弟のひとりであったお方だ。稽古では叩いたり叩かれたりは至極当然なことでな。そのうち参られよう」

という善次郎の言葉に義助が首を捻《ひね》り、

「これから越後屋に訪ねていくのかな」

と、なりを確かめるように見た。

「義助どの、差し当たって稽古着とこの衣服しか持ち合わせがないでな」

「致し方ねえな。どこぞから稼ぎを得たときによ、わっしが古着屋に連れていくでな。本日はまずお店に行ってみねえ。仕事の話だといいがな、まずいきなりそれはあるまい」

と言った。

「となればなんであろう」

「異母弟の次郎助の話かね。ともかく孫太夫さんに会ってみねえ。稼ぎになるようなればどのような話でも受けてきなされ。なんたって越後屋はうちの長屋の持ち主なんだからさ」

と義助に言われて坂を上がっていった。

神田明神の境内の一角から江戸を見下ろした。改めて見て広々とした都だった。

幕府が誕生した折りは武家方が政《まつりごと》も商いも主導していた。だが、かつて武家の都だった江戸は、ただ今では大商人が金子を動かす商いの町になっていた。

苗木藩下士《かし》、代官職だった折り、上役《うわやく》の供《とも》で京の都を訪ねたことがあった。大八車に美濃紙を積んで京の紙問屋に売り込みに行く供だった。藩にとって初めての商いで、もし売り上げが立った折りは、纏まった金子を城下に持ち帰ることになる。旅籠で盗難に遭ったり道中で強盗一味に襲われて大事な金子が奪われたりせぬように、いわば「用心棒」の役目を小此木善次郎は担わされていた。

苗木城下で造られた美濃紙は、京の紙問屋で叩きに叩かれて予測した半値どころか、一割に満たない値しかつかなかった。

京から苗木城下に戻る道中、勘定《かんじよう》頭《がしら》支配下の新たな職制、紙奉行に就《つ》いた野々山三五郎《ののやまみつごろう》は、

「小此木、そのほうの役目などなにもなかったな。大八車一杯に山積みした美濃苗木紙は、なんと六両二分であったわ。そのうちの半値は売り上げが立ったとき、払うそうだ、京の商いは厳しいな。それがしが手にしたのはたったの三両一分だぞ。そのほうのぶんの道中の費えは最初から無駄だったわ。今になって考えれば勿体《もったい》ないの一語だったな」

と嘆いた。

善次郎は答える術もなかった。

空《から》の大八車を引く下人ふたりも黙々と歩いていた。

京であれ以上の安宿を見つけるのは難しい宿に三日いて、道中の往来を加えると十日ほど、四人の旅の費えだけで売り上げの金子を超えていた。

なんとも虚《むな》しい商いだったが、善次郎にとっては京の都を知り得たことは収穫だった。その経験が、こたび苗木藩を離れて浪々の身で江戸に出ようと考える縁となった。

善次郎は江戸の町並みの一角を眺めながら、

(なんとしてもこの江戸で暮らしを立てたいものだ)

と決意した。

善次郎は京よりも上《かみ》屋敷に滞在して知った江戸のほうが自らの才と技量を認めてくれるのではないかと期待していた。

「おお、お見えになられたか」

越後屋の大番頭の孫太夫が善次郎を迎えた。

「なんぞ御用とか」

「はい、大した御用ではございませんがな、私の用事にお付き合い願いたいと思いましてな」

「大番頭どののお供でござるか。かようななりで迷惑がかかるまいか」

と善次郎は着古した単衣《ひとえ》に筒袴の姿をいささか恥じた。

「いえね、表高家六角様《おもてこうけろつかく》の屋敷をお訪ねしますが、そなた様のなりはかまいますまい」

と言った孫太夫が、

「昼餉はお済みではありますまい。乗物が参るのは九つ半（午後一時）ゆえ、うちの台所で食してお行きなされ」

と勧めた。

朝餉も食せず稽古をしたのだ、腹は減っていた。が、かような場合、素直に受けてよいものかどうかと迷っていると、

「遠慮は無用です。もう少しあとですと奉公人で込み合います」

と孫太夫が手代のひとりに台所に案内せよと命じた。

三和土《たたき》廊下を抜けて台所に導く手代が不意に足を止めて、

「小此木様と申されましたよね。六角家への御用ならば時がかかります。昼餉はしっかりと食していかれたほうがようございます」

と囁いた。

「六角家はこちらから遠うござるか」

「いえ、お駕籠《かご》で四半刻もあれば着きます」

「手代どの、そなた、大番頭どのの用件をご存じか」

しばし間を置いた手代が、

「借財の取り立てです」

「うむ、こちらは米問屋でござったな」

「はい。江戸の老舗はひとつ商いだけで成り立ちませぬ。うちは長い付き合いの武家方に金子を用立てております」

と言うと、

「小此木様、昼餉をどうぞ」

と話は終わりだとばかり台所へ向かった。

(そうか、借財の取り立ての供か)

といくらか得心した。

表高家六角家の江戸屋敷は、御三家水戸《みと》中納言《ちゅうなごん》の江戸藩邸から北へ四丁（約四百四十メートル）ほどの上冨坂町《かみとみさかちょう》にあった。

高家は、宮中への使節、日光《にっこう》への御代参、勅使《ちょくし》や朝臣参府《あそんさんぷ》の接待、柳営礼式《りゅうえいれいしき》の掌典《しょうてん》などを務めた。役職のある高家は奥《おく》高家とされ、高家のうち特に認められた三家が高家肝煎《きもいり》に命じられた。

一方高家の中で非役の家は表高家と称された。ともあれ、高家肝煎であれ、非役の表高家であれ、礼式の指導などをなすゆえに宮中と昵懇、そのために諸侯が指導を求めることが多く、諸侯から仕送りを受けて式事の際に幇助《ほうじょ》したゆえ、高家の内所《ないしょ》は裕福であった。

六角家も家禄《かろく》が二千石で非役ながら長屋門は豪奢《ごうしゃ》で手入れが行き届いていた。

小此木善次郎は駕籠に乗った越後屋の大番頭に従い、上冨坂町の六角家を訪れた。むろん孫太夫は長屋門前で駕籠を下り、通用口の門番に願った。

「米問屋越後屋の大番頭孫太夫にございます。ご当主様にお目通りしたく参上致しました。まずはご用人入江彦三郎《いりえひこさぶろう》様に言上《ごんじょう》くだされ」

と願って、角樽《つのだる》の酒切手を差し出した。

門番は慣れた様子で酒切手は受け取ったが、直ぐには通用門の中には入れてくれなかった。一行は四半刻ほど門前で待たされたうえ、用人支配下の若侍が、

「越後屋、本日は高家主もご用人も多忙である。またにせよ」

と通用口から断りを告げた。

孫太夫は小此木善次郎に眼差しで従うように命ずると、

「ご約定にございます。お目にかからねばお店に戻れません」

と強引に敷地へと入り込んだ。

(おお、江戸の借財の取り立てはなかなか厳しいのう)

と思いながら善次郎も孫太夫の背に従った。

「なにをなすか。商人の分際で高家六角家にさような非礼を働くと為《ため》にならぬぞ」

と若侍が声高に言い放った。

「へえ、それは重々承知でございましてな、本日はご当主六角直安《なおやす》様にお目にかからねば、私め、お店に戻れませぬ」

と式台のところからこちらを覗く用人らしき人物に告げた。するとその年寄《としより》が奥に向かって叫び、とても高家家臣とは思えぬ剣術家ごとき風体の三人が姿を見せて、

「商人風情が高家六角家に無礼を働くと為にならぬぞ」

と猛々《たけだけ》しい口調で言い放った。

孫太夫が背の善次郎を振り返ると小声になって、

「小此木様、まずはこやつらを叩きのめしてくれませんか。このお屋敷、内所が豊かにも拘わらず何百両もの元金はもとより借財の利すらお払いにならず、いつもこの脅しです。とても高家がなさる応対ではありません。本日は、覚悟のうえの交渉です」

と早口で告げた。

「大番頭どの、これは仕事でございますな」

と善次郎は念押しした。

「はい、稼ぎ仕事です。取り立てた金子の額の五分を小此木様にお支払いしますでな」

「百両を支払わせれば五両ですか」

「いかにもさよう」

との問答が交わされた。

背後で六尺棒《ろくしやくぼう》を片手に様子を窺う門番から、

「お借り致す」

と棒を摑み取ると善次郎は三人の剣術家に向き合った。

「そのほう、なんだ。商人の用心棒風情がわれらに六尺棒で立ち向かうというか、ちゃんちゃらおかしいわ」

と喚くと三人が刀を抜き放ち、

「さようか、そのほうの腰の刀は竹光《たけみつ》なるか」

とそのうちの頭分と思しきひとりが善次郎に向かって叫んだ。

「いや、そうではござらぬ。そなたら相手に先祖伝来の一剣では勿体なし、参られよ」

と応じるとふたりが刀を振りかざして踏み込んできた。

その瞬間、善次郎の六尺棒が間髪《かんはつ》を容《い》れず突き出された。棒の先端が素早く前後に動いたとき、ふたりの用心棒侍が胸を突かれて後方に吹っ飛んでいた。

「お、おのれ」

と頭分が刀を正眼に構え直して間合いを詰めてきた。

「式台の用人どの、とくと見られよ。用心棒なる手合いを雇われるには、技量がたしかでないと厄介が生じますぞ」

善次郎が式台に呼びかけると同時に、頭分が顔を紅潮させて突っ込んできた。

ふたたび善次郎の手の六尺棒が振るわれると、頭分が両足を高く上げて式台前に派手に転がった。

「大番頭どの、これでようござるな」

「小此木様や、たしかですな。用心棒の技量を知らんでは御用の折り、役立ちませんな」

と満面の笑みで応じた孫太夫が、

「ご用人さん、本日は必ずや借財と利息を合わせて六百三十七両二分を一文も欠けることなく頂戴してまいりますぞ」

と証文をひらひらさせた。


小此木善次郎は、上冨坂町から神田明神門前の米問屋越後屋に戻る間、悠然と駕籠に乗る越後屋の大番頭孫太夫に声をかけた。

「大番頭どの、仕事が成ってようございましたな」

「なんと六角家、小刻みに値切ったうえに最後に六百両を支払いましたぞ」

と膝の上に六百両を抱えた孫太夫が満足げに答えていた。

「それにしてもあるところにはあるものですな。六百両もの大金をあっさりと」

「六角家にはさる大名筋から朝臣参府の接待の手順を習った見返りにそれなりの大金が支払われたとの情報《はなし》を耳にしましてな」

「さような話をご存じで強気の応対をなされましたか。お見事です」

「それもこれも小此木様の武術に驚いたおかげですかな」

と孫太夫の応じる声が嬉々《きき》としていた。

六角家では、孫太夫を座敷に上げることなく庭先での応対にこだわった。善次郎も孫太夫に従って庭先に控えた。

「ご用人様、本日は越後屋覚悟のお伺いにございます」

と縁側から応対する用人入江彦三郎に孫太夫が言った。

「覚悟の訪《おとな》いのう。その前に尋ねたい。そなたが伴った者は越後屋の用心棒か」

「米問屋には用心棒は要りませぬ。万が一の場合の警固方です」

「ほう、万が一の場合の警固方のう」

と孫太夫の言葉を意味ありげに繰り返した入江用人が、

「その者、なかなかの武術家とみた。流儀はなにか」

「ご用人、美濃国の大名家の武術師範の家系でございましてな、陰流苗木なる剣術と、その他に夢想流抜刀技の会得者にございますよ」

と孫太夫が当人に代わって縷々《るる》として述べ立てた。

入江用人の背後の襖の向こうから何事かが命じられた。どうやら六角家の当主の直安が控えているらしい。

「名はなんと申す」

「小此木善次郎にござる」

「そのほうの夢想流抜刀技が見たい」

「それがしの抜刀技を見せよと申されますか。ご当家の借財をお支払いいただく約定のうえでならば披露致しまする」

「よかろう」

「ご当家で武術を心得えた家臣おふたりに、助勢を願えませぬか」

との善次郎の願いが聞き入れられ、壮年のふたりが庭に出て小此木善次郎と向き合った。

「ご両者、お好きな折りに大刀にて斬りかかられよ」

と命じた。

「なに、われらふたりに同時に真剣で斬りかかれというか」

「いかにもさよう」

と応じた善次郎が腰帯に垂らしていた手拭いを外すと両眼を塞いでおいて、対決するひとりにしっかりとそれを硬く結ばせた。

「そなた、その目隠しで抜刀技を使うというか。われらが抜いたあとでと言うたな」

「いかにもさよう」

目隠しをした善次郎とふたりの家臣が間合い一間ほどで向かい合い、

「われら、いつなりともそのほうに斬りかかってよいな」

「念には及びません。それがし、お二方が刀を抜かれたあと抜刀致しますが、ご両人の身に刃が触れることは決してありません」

と善次郎が繰り返した。

目顔《めがお》で頷き合った両人がそろりと大刀を抜き、ひとりは正眼に、もうひとりは八双《はっそう》に構えを取った。

「いつなりとも」

との善次郎の声音にふたりが同時に間合いを詰めると刀を振るった。

次の瞬間、善次郎の長谷部國重二尺三寸五分が鞘走り、光になって攻めてくる両人の腰のあたりを撫で斬った。

「ああー」

と悲鳴を上げたふたりが、

「そ、それがしの袴の帯が」

「わしのもじゃぞ」

と叫んでいた。

両人の袴がゆっくりと足元に落ちていった。


「あの瞬間、六角家では借財を払わざるを得なくなったのです」

と乗物の中から孫太夫の声がした。

「小此木様、六百両の五分は三十両でございますな」

「大番頭どの、それがしの手当、いささか多うございます」

「お店に戻り、嘉兵衛様にお伺いをしましょうかな」

と言い合ったふたりが神田明神門前の米問屋越後屋に戻ったとき、七つの刻限の時鐘《ときのかね》が伝わってきた。

第三章　取り立て稼業

一

　孫太夫から表高家六角家が六百両を返済することになった経緯《いきさつ》を事細かく聞いた越後屋九代目嘉兵衛が座敷の隅に控える小此木善次郎を見て、

「小此木様はうちの救いの神ですぞ、大番頭さん」

　と笑みを浮かべた。

「いかにもさようです」

「礼をどうするか決めておりませんでしたな」

「いえ、すでに小此木様と取り立てた金子の五分を支払うという口約束を事前にふたりの間で」

「話し合っておられましたか」

「まさか六角家が借財の全額近くを支払うなどと考えておりませんでしたもので」

と孫太夫が困惑の表情で若い主の顔を窺った。

「六百両の五分は三十両ですな」

「いかにもさようでございます」

と応じた孫太夫は善次郎を見た。すると、

「旦那どの、それがし、三十両などという途方もない金額の働きをした覚えはございません。われら一家、暮らしを立てようと江戸に出てきたばかりでござる。一口長屋に住まわせていただき、一家三人の暮らしがなんとか立てばそれでようございます」

「ほう、慎ましいお考えですな。となると、うちの大番頭さんとの口約束は反故《ほご》になさいますかな。うちの本業は代々の米問屋、商人にございます。いったん大番頭が口にした約定を守らねば九代目としては失格、先祖に申し訳が立ちませぬ」

「主どの、もはや説明の要はございませんがそれがしは名もなき浪々の身の上、大番頭どのはそれがしが稼ぎを気にして念押しした際に思わず口にされた数字にござる。商い上も正式な契約とは申せますまい」

と言い募《つの》る善次郎に、

「いえ、立派な誓約です。あるいは小此木様、この場で改めて約定したいとのお気持ちですかな」

「いかにもさよう」

「五分の三十両では不満でございますかな」

「不満などあろうはずもございませんぞ」

と善次郎が顔の前で手を振った。

「そうですな、未だ江戸の暮らしはよう分かっておりませんが、二両もあれば当座暮らしていけましょう」

「まさか今日のお働きの礼金が二両でよいと申しておられますので」

との嘉兵衛の問いに善次郎がこくりと頷き、言い添えた。

「それがしのこの二年余の日給はせいぜい四百文でしたでな。二両もあれば一家三人でひと月は暮らしていけましょう」

との善次郎の主張に嘉兵衛が笑い出し、

「大番頭さん、そなたはどうなさるお心算《こころづもり》ですな」

と老練な奉公人に質した。

「は、はい。私、九代目と話し合ったうえで、小此木様に約束するべきでした。ですが、もはやさようなことは虚《むな》しい戯言《たわごと》、礼金五分の約定は越後屋として守らねばなりませんな」

「当然です。で、伺いますが大番頭さんは六角家からいくら返済を受ける心算でお屋敷を訪ねましたな」

「はい、最前も申し上げましたが借財の一割、いえ、うまくいけば二割程度のお返しでもあればと思うていました。六角家にはさるところからそれなりの金子が齎《もたら》されたとの話を私、内々に承知しておりましたので、その程度」

「お返しいただけると思うておられたと申されますか。大番頭さん、私の覚えているところでは六角家からの返済は一年以上一銭もありませんな」

「旦那様、一年と五月《いつつき》前に包金《つつみきん》ひとつ、つまり二十五両を頂戴したのが最後でした」

「六角家はそれほど渋いお屋敷ですな、それがうまくいけば二割の返済ですと、どのような策を使えば可能と思われたのでしょうな」

と嘉兵衛が言い張った。

「そこです、旦那様。小此木様の同行を願いました理由です」

「ほう、小此木様の同行がほぼ全額返済された理由と申されますかな」

「旦那様は他に曰くがあると思われますか」

嘉兵衛が顔を横に振った。

「大番頭さんや、そなたの考えがようピタリと当たりましたな。ほぼ全額の六百両をかように持ち帰られるとは、そなたら両人、手妻でも使われましたか。奇跡といえませんかな」

「いえ、私、手妻など使えませせぬ。やはり小此木様の夢想流抜刀技が六百両の返済につながったのではございますまいか」

と孫太夫が主に答えた。

「私もひとつにはさよう考えております」

との嘉兵衛の答えは他の考えがあるといった口ぶりだった。

「ともあれ小此木様の手柄です。となると、最前の話に戻ります。よいですか、両人の約定に照らせば五分の三十両が小此木様への礼金です」

「そ、それは」

と言いかけた善次郎を制して、

「この金子をうちが支払わねば越後屋の暖簾に傷がつきます、ご先祖もお許しになりませんな。その傷は三十両どころでは済みませんぞ、大番頭さん」

「全くそのとおりでございます」

と孫太夫がいささか戸惑いの顔で応じた。

嘉兵衛が視線を小此木善次郎に向けて、

「小此木様、ということでございますよ」

「はあ、それがしの願いは最前申し上げましたな」

「二両でしたかな」

「それでも多うござる。持ちつけぬ金子を得ると碌《ろく》でもない仕儀に至りましょう。一日の働きとしては一両でも多過ぎる」

嘉兵衛が善次郎の険しい顔での返答に高笑いをした。それを孫太夫も善次郎も困惑の表情で見ていたが、

「嘉兵衛様、どうすればようございましょうな」

と大番頭は歳が自らの半分ほどの若い主に問うた。

「おふたりの働きで得られた六百両、たしかにお店として頂戴しました。大番頭

さんは六角家に六百両の証文をお渡しなさいましたな」

「はい、六角家にて私めが認めた証文を渡してございます」

「ならば、この六百両は越後屋の主が受領致しましょう」

「おお、それは上々」

と思わず善次郎がほっとした顔つきで応じた。

「小此木様にはうちの銭箱から二両を出して、長屋にお帰りの前に大番頭さん、必ずや支払いなされ」

「は、はい」

と孫太夫が曖昧な返答をして、

「二両あると大いに助かる。差し当たって食い扶持には困りますまい」

と善次郎は正直な気持ちを重ねて漏らしたものだ。

ここで嘉兵衛が話柄を転じた。

「さてと、残りの二十八両をうちにて預からせてもらいましょうかな。預かり証文もまた大番頭さん、お渡しなされよ」

「畏まりました」

と大番頭が主の企《くわだ》てが分かったか、にんまりと笑った。

「小此木様、そなた様はただ今米問屋のもうひとつの商いにおいて二十八両を預けられたのです。月々わずかですが利もつきます」

　という嘉兵衛の言葉に善次郎が首を捻り、

「どういうことでございましょうかな。それがし、二両の礼金にて事が済んだと思うておりましたがな」

　と訝しむ言葉を漏らした。

　孫太夫が善次郎に主の嘉兵衛の考えを事細かに説明した。嘉兵衛が首肯して、

「もはやお分かりいただけましたな。小此木様はただ今からうちに二十八両を預けられたお客様にございます」

　と大番頭の説明を補った。

「驚きましたな、長屋に戻ってどのように差配をはじめ、ご一統に説明すればよいであろうか。信じてもらえまい」

「小此木様、長屋でこの話をしてはなりません。金子の貸し借りや授受の話はとかく誤解を招き、面倒を引き起こします。必要が生じた折りには差配の義助に大番頭さんから説明させますでな。よろしゅうございますかな」

「は、はあ」

と答えた善次郎に二両が孫太夫から渡された。

「ふうっ」

と大きな息を吐いた善次郎が、

「夢ではありませんかな。この金子を受け取ったら夢が掻《か》き消えそうじゃ」

と呟いた。すると孫太夫が、

「旦那様、ただ今の一件は事が成りましたな。私がいささか訝しく思ったのは、最前、六角家がうちの借財六百両を返した理由が他にあるとの口ぶりでしたがな、なんぞ気がかりがございますかな」

と質した。

「おお、そのことですか。私の思いつきでしてな」

「ほう、思いつきな」

越後屋の主従ふたりの問答をよそに、小此木善次郎は頂戴したばかりの二両を古びた財布に大事そうにしまい込んでいた。

「大番頭さん、六角家にて応対したのはご用人入江様と言われましたな」

「いかにもさようでした。それがなにか」

「そなた、入江ご用人の背後、襖の陰にどなたかが潜んで時折り相談されていたと申されませんでしたか」

「は、はい。たしかにそんな感じでした」

「六百両の返済の一件もその御仁に相談のうえですな。どなたと思われますな」

「六角家で入江ご用人より上役は御家老の時枝《ときえだ》様ですが、六百両の返済に即刻許しを与える人物はもはや主の六角直安様ご一人《いちにん》しかおられますまい」

「直安様は金銭に細かいお方です。うちの六百両をほぼ全額なんともあっさりと返済した背後には、小此木善次郎様の存在があると思われませんか」

すべて事が終わっていると思っていた善次郎は、嘉兵衛の言葉にびっくりして視線を向けた。

「どういうことでしょうな、旦那様」

「表高家の六角様は金子には厳しいゆえ、諍《いさか》いにしばしば巻き込まれるとの噂が巷《ちまた》に流れておりますな。とかくうちに生じる諍いなどとは違い、政《まつりごと》や禁裏に絡《から》んだ大名家との間に生じる葛藤ですな」

「いかにもさようです」

と応じた孫太夫が、うーむ、としばし思案した。

「小此木善次郎さんの武術の腕前に目をつけられましたかな」

「その場にいなかった私が申すのもなんですが、さようなことを考えられたゆえに六角様はうちの借財をすっきり返済されたとは思いませんか」

うう－む、と唸った孫太夫が、

「旦那様の考え、当たっておりますぞ。六角家ではうちから離して小此木様の腕を独りじめにしようと考えられましたか」

「大事なうちの店子をいくら高家六角様とて譲るわけにはいきませんぞ。六角家で警固方として専従されたとしたら、小此木様は一口長屋で暮らすような、暢気《のんき》な生き方はできませんな。まずはお上《かみ》の政に巻き込まれます」

と言い合った主従が善次郎を見た。

「ご両人、それがしがどうかしましたかな」

善次郎がふたりに質した。

「本日、私と訪ねた上冨坂町の六角家の当主がな、小此木様の身柄をうちから引き抜こうとしておられるのですぞ」

と前置きした孫太夫が縷々説明し、長いこと善次郎が思案した。

「はあっ、それがし、公儀の政などに巻き込まれて働かされるのは御免蒙《ごめんこうむ》りたい」

「はい、私どももうちの店子になったばかりの小此木様一家をさような場に送り出したくはありませんでな」

と言い切った孫太夫は、

「ともかくしばらく六角家側からの誘いかけには決して乗ってはいけませんぞ」

と言い添えた。

「むろんです。われら一家、高望みをして江戸に出てきたのではござらぬ。なにより神田明神下の一口長屋が気に入り申した。また、近くの幽霊坂の青柳道場の稽古に通えることも好都合にござる。主どの、大番頭どの、なんぞ六角家からこちらに話がきた場合には、どのようなことでもお断りしてくだされ」

と願った。


善次郎が一口長屋に戻ったのは六つの刻限だった。

「おお、帰られたか。今日もまた多忙だった様子だな。大家の越後屋の手伝いを頼まれたか」

と待ち受けていた差配の義助が質した。

「いかにもさよう。江戸の暮らしは慌ただしいのう。美濃の苗木の暮らしが懐かしいわ」

「越後屋の手伝いは仕事になったであろうな」

「おお、大番頭どのに願われてな。とある屋敷を訪ねて、それがし門前に長々と待たされたわ」

「借財の取り立てだな」

「さようなことは存ぜぬ。ひたすら門前で孫太夫どのが出てこられるのを待っておった」

と六角家への訪問も借財の取り立てに敷地に入ったことも告げず、こう言った。

「そうか、小此木さんのなりでは敷地にも入れてもらえなかったか。それでケチな大番頭がいくらか待ち代を支払ってくれたか」

「頂戴致した」

と思わず懐に大事にしまい込んだ財布をポンポンと叩いた。

「孫太夫さんはよ、お家大事ゆえたくさんは払うまい、一分か、いや二朱《しゅ》もくれたか」

そんな義助と善次郎の問答を井戸端の女衆が聞いていた。むろん佳世も夕餉の仕度をする女衆に交じり、井戸端の傍らに置かれた縁台の上で芳之助がおみのとかずのふたりの娘に遊んでもらっているのを眺めていた。

「義助どの、二分ほど頂戴した」

善次郎は二両を二分と少なく偽《いつわ》って答えていた。

「なに、あのケチの大番頭が二分だって、となると帰り道を案じていたかな」

「帰路にはなにもござらなかったな」

「それが小此木さんの仕事よ。用心棒代が二分なんだよ。でもよ、今日は思ったより取り立てがうまくできたんだよ。よかったな、これで何日かは食い扶持に困らないで済むな。二分は早々に佳世さんに渡すんだぜ」

と余計なことまで義助が言った。

「また明日ね、芳之助ちゃん」

と姉さんたちに言われて、小此木家の三人も長屋に戻った。すると、長屋の前で義助が、

「一昨日の酒が少し残っていたよな、祝い酒にしな」

と言い添えた。

「心遣い感謝致す。長い一日であった、茶碗に一杯だけ頂戴しよう」

と答えて長屋に入った。すると佳世が、

「ようございましたね」

と稼ぎがあったことに安堵したか、こう述べた。

「佳世、井戸端で体を拭ってこよう。そのあとにな、そなたにはいささか話すことがある」

と述べて腰の一剣を外し、懐の財布とともに佳世に渡した。

佳世が手拭いとどこで得たか浴衣《ゆかた》と越中 褌《えっちゅうふんどし》を差し出してくれた。

一日に掻いた汗を女衆のいなくなった井戸端で丁寧に洗った善次郎は、浴衣を引っかけて長屋に戻り、さっぱりとした下着に着替えた。すると、佳世が、

「おまえ様、最前稼ぎは二分と申されませんでしたか」

と財布を差し出した。

「そうか、いつもはすかすかの財布に二枚の小判が入っておるのだ。直ぐに分かるな。そのことで話がある」

と前置きした善次郎が腰を落ち着け、膳に供されていた茶碗酒をひと口含むと喉に落とした。そして越後屋の大番頭の孫太夫といっしょの六角家への訪いと、神田明神門前に戻ってからの九代目嘉兵衛との問答を縷々説明した。

説明が終わっても佳世は呆然自失したか口を開かなかった。

「虚言ではない。ただし長屋ではこのことを口にしてはならぬと嘉兵衛様から強いお達しがあった。必要あらば、差配の義助どのだけには大番頭どのがおよそのことを話すそうだ」

沈黙のままに話を聞いた佳世がようやく、

「善次郎どの、一日で三十両をお稼ぎでしたか」

と漏らした。

「かようなことは滅多にあることではあるまい。そなた、不審なれば明日にも越後屋を訪ねて大番頭どのか主どのに質してまいれ」

「いいえ、おまえ様の言葉は信じております。されど三十両とは。おまえ様の財布に二両を見ただけでも仰天《ぎょうてん》しましたのに」

と佳世が言い、ようやく夫婦ふたりの夕餉の箸を取った。

二

善次郎と佳世は、江戸の神田明神下の一口長屋に住まいして初めて安心して眠れる夜を得たはずだった。江戸での暮らしの目処が立ったからだ。だが、安堵などふたりに訪れなかった。夫婦して三十両の稼ぎが信じられなかった。

善次郎は越後屋の大番頭孫太夫が認めた二十八両の預かり証文を見せ、

「佳世、証文に年利は一分五厘と書き添えてあるな。一年後にはおよそ一分となにがしかの銭が利息として元金の二十八両に加わっておるそうな」

善次郎は数字に強くはなかった。どうしてそうなるのかも理解できなかった。

「おまえ様、私も信じることができません。苗木での暮らしにたとえ一文でも余裕がある日々がございましたか」

「なかったな。なんとか飢え死にせぬ程度の金子の暮らししか知らなかったわ」

「江戸とはこれまで感じもしなかった不安を搔き立てる都なのでございましょうか」

夫婦はいつまでも同じ問答を繰り返していた。

「それがし、朝稽古に参り、体を動かしてしばらくこのことを忘れたい」

「それがようございます」

夫婦の傍らでは芳之助がすやすやと眠っていた。

「そなた、この浴衣どうしたな」

「おお、おまえ様から預かった金子にて私ども三人のふだんの着物を購いました。

差配の妻女の吉さんが近くの古着屋に連れていってくれましたで、そこであれこれと買い求めました。おまえ様の外着も買いましたで、明日からはさっぱりとした姿で道場に通えます」

「なに、それがしの外着も買ったと申すか」

たな賃の前払いを支払った残りがおよそ一両三分と銭が少々だった。その金子を佳世に渡していた。

「江戸の古着屋ではなんとも多彩な古着を売っておりまして、値段も苗木よりも断然安うございます。当座の食いものも購いました。それでも預かった金子の半金が残っております」

「それはよかった。そのうえ、われら三十両の分限者《ぶげんしゃ》じゃぞ」

「信じられません」

とまた同じやり取りが繰り返されそうになった。

「佳世、明日も早いわ。眠ったほうがいいぞ」

「眠られますか、善次郎様」

しばし沈黙していた善次郎の手が佳世の小ぶりの乳房に伸びてきて、

「あれ」

と声を佳世が漏らした。その声に善次郎は佳世に体を重ねた。

「ひ、久しぶりです、おまえ様」

「ああ、江戸では初めてのことじゃ」

と言い合った夫婦ふたりは一口長屋に落ち着いて初めて交わった。

四半刻後、ふたりは抱き合ったまま眠りに就いた。


翌朝、善次郎は上がり框に置かれていた稽古着を手に一口長屋を出ると、神田明神下から昌平橋を渡って幽霊坂の神道流青柳道場を訪れた。

「おお、今朝はさっぱりとしておられるな。はや江戸の暮らしに慣れられたか」

と筆頭師範の財津惣右衛門が声をかけてきた。

「長屋の差配どのの妻女が、わが妻を古着屋に連れていってくれて、かようなふだん着を購いました。江戸では季節の衣服がなんでも揃ってしかも安いそうな」

「その口調だとなにやら仕事も見つかったようですな」

「いかにもさよう。わが長屋の大家どのの商いを手伝い、夕方にはなにがしか頂戴致しました」

「おお、大家もたな賃を取る手前、稼ぎ口を考えたか。ようございましたな、客分。これでうちの道場で落ち着いて指導ができますぞ」

惣右衛門が喜んでくれて、すでに体を動かしている門弟の中から、

「尾崎《おざき》どの、これへ」

とひとりの門弟に呼びかけた。

「尾崎どの、そなたは新しい客分格の師範小此木善次郎どのとは初めてでござるな」

「師範、いかにも初めてお目にかかります」

と言った尾崎が、

「師範、このお方が壱場裕次郎どのと竹刀を交えられたお方ですかな」

「話を聞かれたか。いかにもさよう、剣術は陰流苗木、また夢想流抜刀技も使われる。うちの道場で互角に立ち合える技量の門弟はそうはおるまい。どうだな、尾崎兵庫《ひょうご》どの」

「ぜひご指導くだされ」

と善次郎の顔を笑みの顔で正視した。

「客分、尾崎どのは旗本御小姓組御番頭《おこしょうぐみごばんがしら》の家系でな、ご尊父と一緒に出仕しておられる。うちには、代々の尾崎家のご当主や血縁の方が通ってこられるので

す」

と財津が紹介した。

「尾崎様、それがしの陰流苗木は、江戸の剣術とは異なり、いわば在所剣法でござる。公儀の重臣の跡継ぎのお方に教えるなど滅相《めっそう》もございませぬ。それがしごとき浪々の者と竹刀を交えての稽古、ご身分に差し障りは生じませぬか」

と善次郎は許しを乞うた。

すると財津惣右衛門と尾崎兵庫が首を横に振り、

「当青柳道場では稽古場に一歩踏み入れた者には身分など問いません。これは青柳七兵衛先生の確固とした考え、道場では差があるとしたら武道の経験の差のみが通用します。しかし、先日の壱場どのは奉公先の職階や身分へのつまらぬ拘りがあるお方、小此木どのを軽んじる気持ちがあったやもしれぬと立ち合いから感じられた。

小此木どの、そなたの稽古相手に壱場どのを技量のみで選んでしまった。申し訳なく思うております」

と財津筆頭師範が詫びた。

「師範、迂闊でしたな」

と尾崎が笑みの顔で言い、

「当分、壱場どのは幽霊坂に姿は見せますまい」

と言い添えた。

「やはり尾崎どのもそう思われるか。道場主にもなぜ壱場裕次郎の職階や身分への拘りを考えなかったのかと叱られたわ。うちは壱場裕次郎を失い、小此木善次郎を得たということかのう」

と、どことなくすでに決着がついたような口ぶりだった。

「師範、それがしも道場に通えなくならぬようにご指導願いましょう」

と尾崎は稽古を催促した。

尾崎兵庫の体格は善次郎と似ていた。風貌《ふうぼう》も言動も大らかで育ちのよさが顔に表れていた。

「尾崎様は幼い折りから神道流青柳道場で研鑽《けんさん》を積んでこられましたか」

と善次郎が稽古を始める前、確かめた。

「父から屋敷で剣術の基を習い、七歳にて当道場に入門致しました。ゆえにそれがし、青柳道場の神道流しか存じません」

「おお、神道流一筋ですか。ちなみに青柳先生から直に指導を受けられましたか」

「口頭でのご注意はしばしば受けますが、実際に竹刀や木刀でご指導を受けたことはありません。いえ、それがしだけではなく、大概の門弟衆が直に立ち合い稽古を受けたことはございますまい。筆頭師範はどうですかな」

と財津に問うた。

「そう、昔はあったな。だが、道場主に就かれて以後、ないな。となると、もう二十年以上も七兵衛様の指導はないか」

と尾崎の問いによってそう気づいた財津が呆然とした。

「さようなことは考えもしなかったわ、尾崎どの」

「それでいて青柳道場の神道流の考えと技はきちんと門弟衆一人ひとりに伝わっておるのではございませぬか」

とふたりの問答に善次郎が口を挟んだ。

「おお、そのことよ。となると、門弟衆の稽古をだれよりも熱心に見ておられる青柳先生の口頭での注意が効いているのか、尾崎どのら門弟衆が聞く耳を持っているということか」

と財津筆頭師範が自問した。

「財津師範、青柳先生と高弟の皆様との考えがぴたりと合ってのことではありませんか。そのような神道流道場に、それがしのような異端の剣術家が入り込んでいいものか」

ところも自問した。

善次郎は幽霊坂の神道流青柳道場の門弟衆の大半が直参旗本と譜代大名を主にした大名諸侯の家臣団に属する者、それも上士《じようし》・中士《ちゆうし》で成り立っていることに気づいていた。また、それも尾崎家のように何代にもわたる門弟ばかりと推量された。

小此木善次郎が客分として稽古を許されたのは稀有《けう》なことではないか。なぜだろう、と考えたとき、

(ああ、まむしの源三郎の口利きのおかげではないか)

と気づいた。

神田明神下同朋町の野分の文太一家の用心棒源三郎の口利きで善次郎は、道場での稽古を許されていた。そのうえ門弟としての入門ではなく、客分として指導する立場での関わりだ。指導料として月々に一両二分頂戴する者など、他の門弟にいるとは思えなかった。

つまり身分はいつでも解約されるとはいえ格別なものではないか、と思えた。

善次郎は、

(それがしにとって稽古さえ許されればその他のことは雑事)

だと考え直した。

「尾崎様、稽古をしましょうか」

「お願い申します」

両人は道場の端から中央へと身を移し、互いに竹刀を構え合った。

その瞬間、善次郎は雑念を忘れた。

最初に尾崎兵庫が善次郎に攻めかかり、善次郎が受け方に回って竹刀を弾き返すと、兵庫は二の手を送ってきた。兵庫は攻めと攻めの間に微妙な間合いを取っていた。

兵庫の剣風は人柄同様に大らかで寛容だった。

ゆったりとした攻めがどれほど続いたか。

不意に善次郎が受け手から攻め方に代わった。

一瞬驚いた兵庫だったがたちまちその意を悟り、善次郎の攻めを渾身《こんしん》の力で弾き返した。むろん善次郎は陰流苗木の迅速連鎖技を使ったわけではない。兵庫の大らかな神道流に合わせて攻めていた。

そんな攻守の交代を幾たび繰り返したか。兵庫は飲み込みの早い剣術家だった。

兵庫の腰が浮いてきたのを見て、善次郎は竹刀を止めて間合いを空けた。

「尾崎兵庫様、お手合わせありがとうございました」

「それがし、ヘロヘロです。父が見ればなんと申しますか」

「お父上をそれがし存じませんが、半刻《はんとき》（一時間）もこのように激しく動き続けられるのをご覧になれば驚かれませんか」

「なに、半刻ですと」

と兵庫が驚きの声を漏らして両人が道場の羽目板前に下がってくると、筆頭師範の財津が待ち受けていた。

「兵庫どの、なかなかの打ち合いにござったな」

「いえ、小此木客分が打ち合いがしやすい間合いをつくってくださり、なんとか最後までもちました。これまであのような濃密な打ち合い稽古を四半刻も続けたことはございませんぞ。客分は半刻と申されましたが、実際はどれほどの暇《いとま》でしょうな。それがし、かように足腰ががくがくなのは初めてです」

と兵庫が言った。

「いえ、兵庫どの、小此木客分の申されたとおり四半刻をさらに超えた打ち合い稽古でしたぞ」

とその言葉を聞いた兵庫が、

「それがし、さように長き間、竹刀とは申せ、打ち合い稽古をした覚えはござらぬ」

と善次郎を見てふたたび漏らした。

「尾崎様、青柳道場を知ったばかりのそれがしが申すのもなんですが、神道流の基に沿った攻めと守りであったのではございませぬか。筆頭師範、どう見られましたか」

「いや、なかなかしっかりとした稽古だったのではないか。尾崎兵庫どの、ひと皮剝《む》けたのではないかな」

と財津も言い、善次郎に眼差しを向け、

「驚いたのは小此木善次郎どののほうかな」

「どういうことです、筆頭師範」

と兵庫が質した。

「小此木どの、そなた、当道場を知り、道場で稽古をなして三日目ではなかったか」

「いかにもさよう、三日目にございます。それがなにか」

「ご当人が一番承知であろう。本日、尾崎兵庫どのに応対されたのは陰流苗木ですかな。それとも神道流の業前でございますかな」

「えっ、小此木客分は神道流も承知ですか」

と兵庫が善次郎に質した。

「剣術の基となるかたちはそうたくさんはありませんし、変わりありますまい。それがしの動きが神道流に似ていたとしたら、思わず知らず影響されたのでござろうか」

「さあてのう」

と財津惣右衛門が首を捻り、

「われら、同じ道場で同じ仲間とばかり稽古してきた者にはなかなかできぬことよ。尾崎兵庫どの、そなた、半刻の稽古で小此木どのからなにを学ばれたな」

「それがしがですか。ひたすら攻めに徹して、途中から受けに回りましたな。相手の小此木客分の動きから学んだことがありましょうか。ううーん、気持ちのよい稽古であったという他になにもございませんな。さようか、もっと冷静に小此木客分の動きやかたちを見るべきでしたか」

と兵庫が善次郎を見た。

「尾崎様が申された『気持ちのよい稽古』であったとしたら、五体の中に先ほどの攻めと守りの経験がきっちりと刻み込まれておりましょう」

と善次郎が兵庫に言った。

三人が壁際で交わす問答の様子を見所の前に立った青柳七兵衛が見ていた。

「小此木客分、明日も稽古の相手、願えましょうか」

「むろんです」

と善次郎が応じたとき、七兵衛が財津惣右衛門を呼び、何事か告げた。驚きの顔で頷いた惣右衛門がふたりのところに戻ってきて、

「小此木どの、竹刀を木刀に代えませぬか」

「はっ」

と応じた善次郎はだれと木刀稽古をなすかと道場を見渡すと大勢の門弟衆が驚きの表情で壁際に下がっていった。

「客分、お相手していただこう」

久しく門弟とは打ち合い稽古をなしたことはないという青柳七兵衛が笑みの顔

で言い、がらんと空いた道場にゆっくりと歩いていった。

(なんということか)

と驚きながらも、

(ありがたき幸せ)

と振り返った善次郎に惣右衛門が手に馴染んだ木刀を差し出し、代わりに竹刀を受け取りながら、

「われら三人の問答を聞いておられたかのう」

「師範、師匠は見所の前のいつもの席、それがしと小此木客分の稽古は見たとしても、こちらでの問答が聞こえるわけもございません」

と尾崎兵庫が言って善次郎を見た。

「それがし、神道流道場での最後の稽古になりましょうかな」

と言い残して道場の青柳七兵衛のもとへと歩いていった。歩きながら、

(どうやら余計なことをなしたようだ)

と思ったが、もはやなす術はない。

文政年間、江戸で五指に入るという剣術家青柳七兵衛との立ち合い稽古に集中しようと思った。

「お待たせ申しました」

との善次郎の言葉に、うむ、と頷いた七兵衛が、

「陰流苗木、拝見」

「神道流、楽しみです」

と言い合った両人が木刀を正眼に構え合った。

「おお、師匠の稽古を初めて見るわ」

「これは見物《みもの》」

と呟きがあちらこちらで漏れた。

「参ります」

と声を発した善次郎が間合いを詰めて木刀を面に振るった。

それが二刻半（五時間）にわたる木刀稽古の始まりであった。

「幽霊坂幻の木刀勝負」

とのちに呼ばれることになる青柳七兵衛と小此木善次郎の立ち合い稽古であった。

見物のだれもが息もできぬほどの激しい攻防が繰り返され、夏の陽射しがゆるゆると道場内を移動しながらふたりの剣術家の一手一手を浮かび上がらせていた。

三

「陰流苗木、いや、小此木善次郎、恐ろしや」

互いが木刀を引き合った瞬間、青柳七兵衛が思わず漏らした言葉だ。さすがの七兵衛の息も弾《はず》んでいた。

一方、善次郎も瞑目《めいもく》して口を開き、必死で息を整えようとしていた。

互いがいつもの呼吸に戻ったのは見物していた門弟衆から与えられた水をゆっくりと飲み合ってさらに時が過ぎたあとだった。

「師範、久しぶりの稽古に青柳七兵衛、疲れ申した」

と言い残し、青柳は敷地内の別棟の母屋に戻った。

ふううっ
という息が門弟衆から漏れた。

「そなた、われらに真の力を見せておらなんだか」

財津惣右衛門が善次郎に質した。

「師範、それがし、常に全力で稽古に励むよう努めてきましたぞ」

「本日の師匠との立ち合いは、われらの前でこれまで見せた稽古とは違うではないか」

「それがしもかような立ち合いになるとは夢にも思いませんでした。剣術家青柳七兵衛先生に引き出された必死の動きにございます」

「われらとの稽古ではただ今の立ち合いの対応は引き出せぬというか」

「いかにもさよう」

やはり、と言いかけた財津に、

「師範、誤解なきよう申し上げます。それがし、この立ち合いにて剣術とは両人互いの力が合わさって新たな力を見せてくれるものだと知りました。つまり青柳先生に引き出されたわが力です。この力が独《ひと》りになっても持続するのかどうか、それがし、不安です」

「なんとのう」

と惣右衛門が応じて、

「とは申せ、青柳七兵衛先生がすべてをさらけ出して対応したとは到底思えません。師の神道流剣術こそ奥深くて恐ろしゅうございます」

と言い切った善次郎が、

「それがし、当道場で修行を続けてようございましょうか、師範」

と問うたものだ。

「なに、そなた、神道流青柳道場での稽古を止めて、当道場を去るというか。なにゆえか」

「それがしの陰流苗木、ご一統様が身につけられた神道流の流儀、互いに悪さをしませせぬか」

と最前とは違う考えを述べた。

「悪さとな。いや、二流派の稽古が見られる青柳道場の門弟のわれら、これほどの幸せはあるまいと思うておるわ」

と言い切った惣右衛門が、

「能勢どの、どう思われるな」

と傍らにいた高弟のひとりに質した。

「それがし、言葉もありませんぞ。かような稽古、初めて見せてもらいました。なんじょう小此木善次郎どのが当道場を出ていかねばなりませぬのか。どうか、われらに小此木どのが修行された陰流苗木をこれからも見せてくだされ。われらにとってこれほどの幸せはありませんでな」

と胸の奥の思いを吐き出した。そして能勢は、

「小此木どのは、『青柳七兵衛先生がすべてを見せてくれたとは到底思えぬ』と漏らされましたが、それがしには、小此木善次郎どのも陰流苗木をすべて出し尽くしたとは思えんのです。いえ、小此木どの自らも、意識しておられぬ力を五体の奥底に秘めておられると感じました」

と言い添えた。

「能勢様、剣術とは死の刻《とき》までが修行じゃと先輩諸氏から聞かされてきましたが、本日、また青柳七兵衛先生より未知の剣術を教えられました。最前、身についたのかどうか不安と申し上げましたが、この稽古の後先《あとさき》ではそれがしの剣術も変わっていなければなりますまい」

と善次郎は素直な気持ちを吐露《とろ》していた。

しばし無言の時があって、

「それがしもご両人の立ち合いの真の意を理解したとは思えぬ。それがし、凡々たる神道流の師範として生涯を終えるわ」

と惣右衛門が漏らした。

「お言葉を返すようですが、百人剣術を極めようと努める者がいるとしたら、百

通りの修行の在り方があってよいのではありませんか。それがしは師範財津惣右衛門様になり得ず、師範は小此木善次郎の剣術とは異なった道を歩まれる。これが剣術の面白さとは思いませぬか」

「小此木どのの言葉、わが意を得たりです。強い弱いを追求する剣術稽古はつまらん。それより剣の道がそれがし、尾崎兵庫になにを齎すか、あるいは新たな迷いを突きつけるか。これこそが剣術修行がわれら人に授ける真の終わりなき問い、真の修行かと存じます」

と七兵衛と善次郎の木刀稽古が終わったのち、無言を貫き通していた尾崎兵庫が言った。

善次郎はただ無言裡に首肯した。

「そなたらの言葉、財津惣右衛門も分からぬではない。だがな、そなたらが持っておる暇がそれがしには残されておらぬ。そうじゃ、小此木善次郎どのが申すように、財津惣右衛門はそれがしの道を歩むしかあるまい。死の刻、『これでいいのじゃな』と己に問うて身罷ろうぞ」

「どのような天才も悟り切ってあの世に旅立つとは思えません。迷いを抱いて彼岸に旅立つのが人のさだめではないでしょうか」

「小此木善次郎どの、そなた、わが倅《せがれ》同然の齢《よわい》にしてわが爺《じい》様のごとき話をしおるわ」

と苦笑いし、

「おお、なんとも小賢《こざか》しいことをわが父上同然の師範に申し上げました」

「非礼の言葉の数々を詫びるために小此木善次郎はこの道場の客分を務めよ、よいな」

「ははあ、畏まって候」

と善次郎が答えてこの日の朝稽古は終わった。


この日、幽霊坂の青柳道場になんと米問屋越後屋の九代目当主の嘉兵衛がふらりと立ち寄った。すでに小此木善次郎は帰り仕度をしていた。

「おや、稽古は終わりましたか。残念なり」

「嘉兵衛様は青柳道場の稽古を見物におなりましたか」

と善次郎が質した。

「いえ、近くまで御用で参りましてな、ふと、そうだ、幽霊坂には青柳道場があったぞと思いつきまして立ち寄りました。稽古の見物は次の機会に致しましょう」

と言う嘉兵衛といっしょに道場の門を出た。

幽霊坂を下って八辻原《やつじがはら》に出たとき、

「嘉兵衛様、なんぞそれがしに用事があるのではございませぬか」

「はい、お察しのとおりです」

「過日と同じく取り立ての用事ではございませぬかな」

「その折りは前もって小此木様に話をします。とは申せ、越後屋の裏商い、そう多くはございませんでな」

と言った嘉兵衛は神田明神のある神田川左岸に続く昌平橋には向かわず、柳原土手を神田川河口に向かってそぞろ歩いていく。

善次郎も嘉兵衛の歩みに合わせた。用事ならば当然説明するのではないかと思ったが、迷いがあるのか口を開く風はない。

「小此木様は青柳道場が気に入られたようですね」

「青柳七兵衛先生のお人柄も申し分なく門弟衆もよきお方ばかり、よいところを紹介してもらいました」

「なによりです。なんとなく長い付き合いになりそうですね」

「客分としてそれがしができることはやる心算です」

善次郎の言葉にうんうんと嘉兵衛が頷き、

「小此木様、米問屋のうちが金子を貸しておる商い、どう思いますな」

と不意に話柄を変えた。

善次郎は突然の問いかけに即答できなかった。

「米問屋と金貸し、いささか妙な取り合わせとは感じました。おそらくなんぞきっかけがあってのことでしょう」

「本業の米問屋越後屋の客筋は、長い付き合いの直参旗本がた、お武家様です。幕府が誕生したころは世のすべてを武家方が主導しておられましたな。なにしろ神君家康《しんくんいえやす》様の時代ですからね。ところが幕府開闢《かいびゃく》から二百年が過ぎて、政や商いをはじめ、あらゆることが沈滞《ちんたい》しておりますな。戦《いくさ》がないことはよろしいのでしょうが力が失《う》せた。その代わり」

「嘉兵衛様がた商人衆が台頭したのはいつのころからでしょうな。多くの武家方が商人衆から借金をしておられると聞き及んでいます」

「はい、真の話です。年貢米の換金を米問屋がなすゆえに越後屋も付き合いのあるお武家様がたにお金を用立てするようになったのがうちで申せば五代目の嘉兵衛ですから、およそ百年前と聞いております」

と九代目嘉兵衛が金貸しを始めた経緯を善次郎に告げた。

「正直、私、金貸しと呼ばれるのが嫌いです。とは申せ、金がものをいうご時世を私ひとりで変えるなど無理にございます」

と言い訳した。

ふたりは神田川が大川《おおかわ》（隅田川《すみだがわ》）に注ぎ込むところに架かる柳橋に向かって歩いていった。とはいえ善次郎には初めて知る界隈だった。

「嘉兵衛様、それがしに用事があればお話し願えませぬか。むろんそれがしに応えられるかどうか存じませぬがな。昨日のような借財取り立てへの同行とは違うと申されましたな」

「違います」と応じた嘉兵衛は前方を見た。

ふたりは神田川に架かる新《あたら》シ橋《ばし》の傍らを通り過ぎて浅草橋《あさくさばし》に向かっていた。

「小此木様、この次の浅草橋を渡って対岸に出ると公儀の御米蔵《おこめぐら》が並ぶ浅草御蔵前通りに出ます。ご存じですかな」

「嘉兵衛様、われら一家、三、四日前に江戸の昌平橋なるところに紛れ込み、越後屋どのが所有する長屋の差配義助どのに偶さか出会い、そなた様の一口長屋に厄介になったばかりですぞ」

と嘉兵衛がすでに承知のことを述べた。

全く嘉兵衛の用件が分からなかったからだ。

「それがし、どこを歩いているのやら、さっぱり分かりませんでな。はっきりしていることはどこも初めての土地ということです。左手を流れる川が神田川でしたな」

「いかにもさよう。岸辺の土手を江戸の者は柳原土手《やなぎわらどて》と呼びます」

「柳原土手、でござるか」

「右手の町家の先に関八州郡代《かんはっしゅうぐんだい》代官所、俗に郡代屋敷と呼ばれる公儀の役所がございましてな、浅草御門に差しかかります。そこへ架かる浅草橋を渡ると最前申した御米蔵に出ます。諸国から公儀への年貢米が大川の船便を」

と言いかけた嘉兵衛が、

「小此木様は、未だ大川と呼ばれる、江戸を二分する隅田川をご存じございませんな」

「神田川がそれがしの知るただひとつの江戸の川にござる」

「その神田川が流れ込む川が江戸一番の大河隅田川です。まず小此木様に大川、隅田川界隈を見てもらいましょうかな」

と嘉兵衛が不意に思いついたか、そう述べた。

嘉兵衛が用事うんぬんよりも江戸の地勢を教えるのが先だと気づいたようだと善次郎は察した。そんな調子で嘉兵衛の役に立つかどうかさえ分からなかった。

嘉兵衛が足を速めて広場に向かった。

「大番所《おおばんしょ》のある浅草御門です。浅草橋際で舟を仕立てましょう。小此木様に江戸の様子がお分かりになったところで私の用事を話します。いえ、今日明日と火急《かきゅう》に動いてもしくじります。まずは江戸見物ですな」

と嘉兵衛が自らを得心させるように言った。

善次郎はただ頷くしかなかった。

「こちらの船着場で猪牙舟《ちょきぶね》を仕立てましょう」

橋下に下りた嘉兵衛は船着場にいた船頭に何事か告げて、舳先《へさき》が尖った川舟に先にさっさと乗り込んだ。

店で会った嘉兵衛とは様子が違い、意外と性急だった。いや、善次郎から見ると江戸の住人は歩くのも喋るのも速かった。

ふたりを乗せた小舟が陽射しから見て東の方角へと進んでいく。

「越後屋の旦那、久しぶりだね。近ごろは柳橋で遊んでおられぬようだ」

と顔見知りか、船頭が善次郎を気にしながらも問うた。

「親父が存命のころは気ままに遊びもできましたがな、身罷って商いを継ぐとなると当分遊びもダメですな。本日は、こちらのお侍さんにな、江戸はどんなところか案内したいのです。一刻半ほどの暇に大川から望む江戸の様子を見せてやってくれませんか」

「ほう、越後屋の旦那自らがお侍さんの江戸案内ね。で、こちらのお侍は江戸が初めてのようだ」

船頭は嘉兵衛と善次郎の関わりが分からないようだった。

「はい、数日前にうちの長屋の店子になられたばかりです」

との嘉兵衛の言葉に船頭は棹《さお》を使いながらしばし思案した。

「まずは大川に出てようございますな」

「船頭さん、お任せします、と申しましたぞ。小此木善次郎様は越後屋にとって、ただの店子ではありませんでな。なにはともあれ、江戸がどんなところか大雑把でもいい、およその地形を覚えていただきたいのです」

「そうか、越後屋さんの店子のお侍ね。分かりました。越後屋さんは川遊びでもする気で暢気に構えていなせい」

と船頭が言った。

「おや、越後屋の旦那様、浅草橋から猪牙に乗られましたか」

と河岸上の道から大年増の仇《あだ》っぽい女衆が声をかけてきた。

「柳橋の船宿の女将《おかみ》さん、本日、猪牙に乗っているのは遊び人の嘉兵衛ではありませんでな、米問屋の九代目ですぞ、声をかけないでくれませんか」

「遊びならうちで舟を仕度させるわよね、九代目」

「お京《きよう》さん、いかにもさよう、本日私はお侍さんの付き添いです」

と応じた猪牙舟は、柳橋を潜っていった。すると前方に穏やかな流れの大河が見えてきた。

「小此木さんといったかえ、千代田《ちよだ》のお城は大川の右岸にあらあ。あとで案内するがね、まず江戸の町を大川とも称する隅田川が二分していらあ。川向こうの本《ほん》所深川《じよふかがわ》地域は、新町とでも呼んでいいのかね、町家も長屋もこちらの江戸と比べてざっかけねえや。さあてと、大川に出たな。これから猪牙は上流に向かうからな。なんぞおれの説明で分からなければ訊いてくんな」

「問うてよいと申されるか」

「いかにもさよう、と答えたいね。おめえさんの生国《しようごく》はどこだえ」

「それがし、美濃国のさる小名《しようみよう》家に二年前まで奉公しておったのだ」

「ほう、美濃ね、分かったようで分からねえ在所だね。むろん深川生まれの六助《ろくすけ》はよ、江戸以外はちんぷんかんぷん、どこも在所だ。美濃から江戸まで遠いかね、道中にどれほどかかったえ」

「二年ほどかかり申した」

「はあっ、二年ってか、美濃と江戸の間がよ」

深川生まれの六助と善次郎の問答に笑い出した嘉兵衛が、二年の意を手際よく説明した。

「ううーん、道中で子が生まれたね。そりゃ二年かかるな。よし、小此木の旦那、江戸がどんなところか、江戸を知らねえお侍に、おれ六助が優しくよ、説明するぜ。

いいか、いま左手に見えるのが公儀の御米蔵だ。この界隈には札差と称する百九株《かぶ》の株仲間の旦那衆がおられてな、旗本御家人衆の禄米《ろくまい》を換金しなさるのよ。つまり江戸の武家方の首根っこをしっかりと摑んでいるのよ。まあ、このへんのところは越後屋の旦那に聞きな。

これからさらに大川を遡《さかのぼ》るとな、いくら在所者のおめえさんでも聞いたことがあろう。その昔、越後屋の旦那が通った御免色里《ごめんいろざと》の吉原《よしわら》がある山谷堀《さんやぼり》が見えてくらあ」

と言った船頭の六助が、

「吉原を見てみたいか、お侍さんよ」

と質した。

「それがし、官許の遊里などに参るほどの金子は持っておらぬ。なにしろようやく越後屋さんの長屋に住まいさせてもらったばかりでな。一家三人、生きていくにはどうすればよいか、船頭の六助どの、教えてくれぬか」

「な、なに、しがねえ猪牙の船頭のおれに稼ぎの道を教えろってか。だから、おめえさんが越後屋で仕事をもらうにはよ、江戸がどんなところか知らないとダメだと旦那が仰《おつしや》っておられるのよ。

そうか、吉原はどうでもいいか。ならば、このあたりで猪牙舟を大川の下流、そうだ、日本橋川に入ってよ、魚河岸を見るというのはどうだ」

「米蔵の次は魚河岸でござるか」

「おい、お侍さんよ、魚河岸がどんなところにあるか、承知で案内役のおれにいちゃもんをつけてんのか。魚河岸の傍《そば》には五街道の起点の日本橋があってよ、その背後には千代田城が見えらあ。江戸のすべてを動かしているへそ、その界隈を見たくねえか」

「ほう、江戸のへそにござるか。吉原よりただ今のそれがしには大事なところですぞ」

六助が猪牙舟を巡らして流れに乗り、大川を下り始めた。

小此木善次郎が越後屋の嘉兵衛はどうしているかと見ると、猪牙の胴《どう》ノ間《ま》で手枕をして昼寝をしていた。

この日、越後屋嘉兵衛と善次郎が神田川の昌平橋で六助の猪牙舟を下りたのは、七つ半（午後五時）の刻限だった。

「おい、お侍、ちったあ、江戸の町並みが分かったか」

「おお、そなたのおかげでな、江戸の半分ほどが理解ついたぞ」

との返事を聞いた嘉兵衛が苦笑し、六助が呆れた表情で黙り込んだ。

四

文政九年の夏がゆるゆると秋に移ろっていき、小此木一家が神田明神下の一口長屋に住み始めてひと月が過ぎていた。

この日、幽霊坂の神道流青柳道場の朝稽古が終わる刻限、一口長屋の差配の義助が姿を見せた。

「おお、毎日ご苦労にござるな、義助どの」

と古着ながらさっぱりとした袷《あわせ》に着流し姿の小此木善次郎が迎えた。

このひと月あまり、大家の米問屋越後屋の九代目に命じられた義助が朝稽古の終わった刻限に青柳道場に姿を見せて善次郎の江戸案内を務めていた。

善次郎の着流しの襟元から四つ折りにされた江戸の絵図が覗いていた。

「本日はどこへ案内していただけますかな」

と善次郎が道場から幽霊坂に出たところで質した。

「小此木さんよ、どうだえ、江戸がどんなところか分かったかえ」

「義助さんの案内で江戸めぐりをしてまいり、長屋に戻ったあとは絵図を開きその日歩いたところを繰り返し思い出す日々でござる。江戸がいかに大きいか、よう分かったな。いや、つまりは未だ江戸の全体をそれがし、把握《はあく》しておらぬということが分かり申した」

と善次郎が謙虚にも答えた。

「一応江戸府内だけではなくてよ、四宿《ししゆく》の品川《しながわ》、内藤新宿《ないとうしんじゆく》、板橋《いたばし》、そして千住《せんじゆ》、掃部宿《かもんしゆく》も訪ねたよな」

「おお、訪ね申した。四宿が江戸のうちに入るならば、途轍《とてつ》もなく江戸は広大な都にござる」

「もう秋だもんなあ。いつまでものんべんだらりと江戸案内なんて続けていられねえな。本日は、最後の江戸案内だぜ」

「となると、それがし、もはや江戸っ子のひとりというてよかろうか」

「江戸っ子ねえ、美濃の在所者のにおいがいくらか薄れたところかね。小此木善次郎さんはよ、死ぬまで江戸っ子にはなれねえよ」

「おお、さようか、それがしは生涯在所者にござるか」

「ということだ」

うんうんと頷く善次郎に義助は、ひと月の成果をそれなりに感じていた。

八辻原に出た義助は柳原土手に沿って神田川河口へと急ぎ足で向かい、善次郎ももはや歩き慣れた景色を窺いながら従った。

「小此木さんよ、江戸を知るより先によ、幽霊坂の道場にすっかり慣れたよな」

「というほどではないが、剣術は流儀が異なろうと竹刀を合わせればおよそ相手の技量も人柄も分かるでな、江戸の地形を知るより容易《たやす》く慣れ申した」

と善次郎は応えたものだ。

「青柳七兵衛先生がよ、小此木さんの陰流苗木は大したものだと褒めていたぜ」

「道場主がさようなことをな。それがし、江戸で青柳道場の近くに住まいできたことをな、義助どのをはじめ、ご一統に感謝しておる」

「客分の仕事はどうだ」

「まあ、道場の大小の違いがあれど、剣術の基を教えることにはそれがし一応慣れておるでな、客分としてなんとか務めておる」

「そうだ、おめえさんが初めて道場に出た日におめえさんにこてんぱんにやられた壱場裕次郎は未だ道場に姿を見せねえようだな」

義助は善次郎が知らぬ折りに青柳道場を訪れて、門弟衆からあれこれと話を聞いているようだと善次郎は推量した。

「稽古に参られぬな。それがしと顔を合わせるのが嫌なのではござるまいか」

「のようだな。あいつさ、どこぞの道場に住み替えてよ、力をつけてよ、おまえさんと改めて立ち合うつもりじゃねえか」

「おお、さようなことを考えておられるか。前回、壱場どのはこちらが在所者というので、無暗《むやみ》に張り切られたゆえ、日ごろの力が発揮できなかったのだ。幽霊坂の道場に戻られて、われらがふたたび立ち合える折りがくるならば、いい稽古ができよう」

「うむ、壱場って御仁だが、おめえさんと幽霊坂の道場で立ち合うなんてことをするかね。どこぞでおめえさんを待ち受けてよ、真剣勝負なんぞを強《し》いるんじゃないか」

「なに、さようなことを考えておられるというか」

「と、わっしは思うんだがね」

善次郎は首を捻ってしばし義助の考えを思案した。

「壱場どのは然るべき大名家の重臣と聞いておる、つまりいささか過剰に矜持《きようじ》をお持ちだ。その矜持を捨てて青柳道場の一門弟に戻られ、青柳道場で初心に戻って稽古されることが一番よかろうと思うがな。最前も申したが壱場裕次郎どのの力はなかなかのものだ。稽古での打ち合いで丁丁発止となせば、つまらぬ面目《めんもく》など吹き飛ぼう」

「そうかね、おめえさんの剣術と壱場って野郎の剣術はまるで違うとみたがね」

と義助が答えたとき、ふたりは柳橋の船宿が軒《のき》を連《つら》ねる花街に入っていた。

「小此木さんよ、うちの大家からよ、『最後の日はいま一度猪牙を雇って、江戸を水上から眺めなされ』と命じられて銭も預かってきたんだ。九代目嘉兵衛に就く前の若旦那の馴染みだった船宿風《ふう》りゅうに顔を出すとね、猪牙が待っているってさ」

「もはや舟に乗っての江戸見物などあるまいと思うておったが、最後の日に越後屋の旦那どのが贅沢を用意してくれたか」

「わっしも魂消たぜ。在所者の店子にさ、こんな贅沢など聞いたことねえや。九代目、よほど小此木善次郎さんのよ、人柄に惚れたかな。いや、人柄がいいからって猪牙舟はねえよな。やはり小此木さんよ、おまえさんの腕を頼りにしているようだな」

「それがしの腕とは剣術のことかな」

「その他におまえさんになにか才があるかよ。このひと月のわしらの行いは、大家がさ、陰流苗木の技を借り受けようと思ってのことだな」

と義助が言い切った。そのことは善次郎もなんとなく察しがついていたが、

「米問屋の商いにそれがしの剣術が必要でござるか」

「小此木さん、越後屋の本業じゃねえよ。裏稼業の金貸しのほうだな。この前、嘉兵衛さんに従ってどこぞの武家方に取り立てに行ってよ、二分だか日給をもらったと言わなかったか」

「おお、申したな」

「おまえさん、ほんとうに武家屋敷の門前に突っ立っていただけかえ。大番頭の孫太夫さんに同行して屋敷の中に入らなかったのか」

「いや、過日のなりの在所者が立派な武家屋敷内になど通れるものか」

と善次郎はやはり虚言を弄《ろう》した。

「では孫太夫さんがいくら借財を取り立てたか、知らないのか」

「全く存ぜぬ」

と応じた善次郎だが、六角家に大番頭孫太夫に従って同行し、六百両の大金を取り立て、その礼にと三十両を頂戴したことは、妻女の佳世以外だれにも告げていなかった。むろん嘉兵衛の忠言に従ってのことだ。

「ふーむ、二分の日当ではな、ケチだよな。それでもよ、小此木さんが帰り道にいっしょにいるのといないのとでは、大番頭さんの取り立てになにかが違ったんじゃねえかね。これから取り立ての折りも呼ばれるといいな」

と義助が首を捻りながらもこんな言葉を吐いた。

「新たな稼ぎ仕事の口がかかるであろうか」

「かかるといいね。となるとよ、羽織の一枚もあるといいんだがな」

「このなりでも駄目か」

「わっしも越後屋の裏商いはよく知らないんだが、武家方が相手だろ。一、二両の小金とは違い、それなりの借財の取り立てをすると噂に聞いたことがある。この次はなんとしてもお屋敷の敷地内に入れてもらえぬとカッコがつかないぞ。となると羽織だな」

と義助が言ったとき、ふたりは柳橋の船宿風りゅうの前に着いていた。

船着場を見下ろすと善次郎が見かけたことがある女将のお京と船頭衆が猪牙舟を用意していた。

「女将さん、わっしは神田明神門前の米問屋越後屋の関わりの者にございます。旦那の嘉兵衛より猪牙舟を半日借りるという話、届いておりましょうか」

と義助が質し、

「一口長屋の差配義助さんよね。嘉兵衛の旦那様から使いをもらっていますよ。ほれ、この猪牙舟でようございますね。先日、浅草橋の船宿で猪牙を借りた手前、うちに義理を感じられたのかしら。どうぞ、お好きなようにお使いくださいな」

とお京がふたりを船着場へ呼んだ。

「お侍さんは小此木様と申されるそうな」

「いつぞやお目にかかりましたな」

浅草橋の船宿の猪牙舟に乗っていた折りのことだ。

「覚えておられましたか。越後屋の旦那様の話によると、小此木様の剣術の腕前は大変なものとか。これから時折り、仕事でいっしょにうちの舟を使ってくれるそうですよ」

とお京が善次郎に言った。

「旦那どのがさようなことを」

と言った善次郎は猪牙に乗り込んだ。

嘉兵衛と船宿風りゅうの女将お京の間には長い付き合いがあるのだと改めて善次郎は感じた。となると過日、浅草橋で思いつきのように猪牙舟に乗ったのはどういうことか。

ひょっとしたら善次郎の人柄や剣術の技量にいまひとつ信がおけず、馴染みの船宿の舟を使わなかったのではないかと曖昧なことを考えた。

義助を通して改めて善次郎を風りゅうに口利きさせたのは、お京が申すように今後の仕事を考えてのことか。

義助も舟に乗り込み、嫋《たお》やかにお京が腰を屈めて、猪牙舟の艫《とも》のあたりをそっと押し出す仕草で送られて神田川の流れに出ていた。

「女将どの、お借り申す」

と言う善次郎に、立ち上がったお京が笑みを向け、

「存分に楽しんでいらっしゃいな、お佳世様のご亭主さん」

と送り出した。

なんとお京は佳世の名まで承知していた。間違いなく嘉兵衛から得た知識だろう。

柳橋の下を潜った小舟が大川に出た。

そのとき、船宿風りゅう所有の猪牙舟の艫に立てられた棹の先に「御用」と二文字が染め抜かれた旗が翻《ひるがえ》っているのに善次郎は気づいたが、それが江戸町奉

行の関わりを示す印旗《しるしばた》とは知らなかった。そんな猪牙舟の船頭が、

「お客人、わっしは船頭の梅五郎《うめごろう》ってんで、今後ともお付き合いがありそうだが、よろしく頼みますぜ」

と言った。

「梅五郎どのか、それがしこそよろしくお付き合いを願う。この広い江戸で商いをなすにはそなたのような江戸を熟知した船頭衆が頼りだと、このひと月で分かり申した」

「へえ、小此木さん、わっしらのような船頭と馴染みになってよ、江戸を知るっていうことよ。なにも自分の足でむやみやたらに歩き回っても江戸は見えてこねえからね」

と言い切った。

「この小舟、猪牙舟と申したか。それがしはふだん、猪牙舟を借り受けることのできるような懐事情にはござらぬでな。越後屋の旦那どのの供の折り、よろしく願おう」

「おうさ、人それぞれ立場があらあ。『猪牙に乗る人、棹さす船頭、猪牙の手入れは職人衆』ってな」

「ほう、さような言葉がござるか」

「おめえさんはなんでも感心しなさるね。そんなとこが越後屋の旦那に気に入られたのかね。最前の言葉はよ、『箱根山《はこねやま》、駕籠に乗る人、担ぐ人、そのまた草鞋《わらじ》をつくる人』って、客人から教えられた格言のもじりよ」

猪牙舟は大川の下流に向けて流れに乗っていた。

「本日はな、小此木さんよ、越後屋の旦那からの注文があらあ。日本橋から改めて猪牙旅に出るぜ」

と梅五郎が言った。

（なんと差配の義助も告げられておらぬ本日の船旅）

それを船頭がすでに承知していた。梅五郎の口調には越後屋の仕事を知り尽くした様子が窺えた。

最前から義助が黙り込んでいた。

「差配どの、どうかなされたか」

「ううん、おめえさんさ、ひと月ほど前に美濃から江戸に出てきた朴念仁《ぼくねんじん》の小此木善次郎さんか。わっしと出会って一口長屋の住人になった、あの在所者のか」

「そなた、毎日のように顔を合わせていてなんぞ訝しいことがござるか」

「なんだかただ今の小此木さんはよ、別人を見ているようだぜ」

と義助が漏らした。

ふたりの問答を聞いた梅五郎が、

「義助さんよ、そのあたりはよ、小此木さんは隠していたんじゃないか」

「隠す、どういうことだ、梅五郎さんよ」

「江戸に慣れるまで在所者を通したほうがいいって考えたってことよ」

「船頭どの、それがし、さような小細工は致しておらぬがな」

「じゃあ、差配の義助さんの戸惑いはなんだな」

しばし沈思した善次郎が、

「少しばかり江戸に慣れたということではないか。義助どのや梅五郎どののおかげでな」

と応じた。

「ひと月前の在所者の侍からただ今の如才《じよさい》ねえ小此木さんに変わったというのか」

「なにも変わってはおらぬぞ。なにより義助どの、『江戸っ子なんぞにはなれぬ。生涯在所者』だと決めつけなかったか」

「生涯在所者と言ったのはおめえさんのほうだぜ。ともかくよ、おれが会っている小此木善次郎は、ひと月前の田舎侍となにかが違うんだよ」

と義助が言い切った。

「義助さんよ、おれの考えだがよ、このお侍はな、まだ正体を見せてねえってことよ。これからもどんどん変わってよ、柳橋界隈でだれぞと浮き名を流す遊び人に変身するかもしれねえぜ」

「えっ、そんなのありか」

と義助が善次郎を見た。

「梅五郎どのと申されたか。世慣れた船頭衆も人を見る眼はござらぬか」

「いや、それなりに見る眼は持っているつもりだ。おれが見抜けねえのは、義助さんよ、この小此木善次郎って侍だ」

と言い切った。


この日の昼の刻限から夕暮れ六つまで、三刻（六時間）の間、梅五郎の猪牙舟は、御城の東側の道三堀《どうさんぼり》から和田倉堀《わだくら》、馬場先堀《ばばさき》、日比谷堀《ひびや》、さらには桜田堀《さくらだ》まで善次郎らを乗せたまま、ゆっくりと回った。だが、嘉兵衛から江戸見物最後の日の舟旅の行き先を聞かされているという梅五郎が、小此木善次郎になにか説明する様子はなかった。

そこで善次郎は嘉兵衛に願って頂戴した江戸絵図を出して、猪牙舟がどこを通っているか確かめ、絵図に印をつけていった。

譜代大名が屋敷を連ねる大名小路《だいみょうこうじ》の御堀界隈に町家の猪牙舟の姿は見かけなかった。だが、船頭の梅五郎は平然として御番所の門番に会釈して通っていく。

「おい、わっしはこんな御城近くの堀によ、猪牙舟で乗り入れるなんて初めてだぜ」

と義助が硬い口調で呟いた。

絵図を見ていた善次郎は顔を上げたが、それに応える術を知らなかった。

「梅五郎さんよ」

と義助が船頭に声をかけた。

「義助さんよ、しばらく黙って畏まっていねえ」

と忠告した。

そんな義助が江戸絵図と首っ引きで御城近くの御堀を進む猪牙舟の位置を確かめていた善次郎を凝視した。

「小此木さんよ、猪牙がどこを通っているか分かるか」

「ただ今山下《やました》御門を抜けて山城《やましろ》河岸なる界隈を南に向かって進んでおるな」

と絵図を凝視した善次郎が応じた。

「おお、大名小路の御堀からようやく町家に戻ってきたか、ほっとしたぜ」

と漏らした義助に、

「一口長屋の差配さんよ。大名小路の『不開御門《あかずのごもん》』内にわっしの舟は入り込んだことはないぜ、覚えておきな」

「えっ、おれたち、馬場先堀から日比谷堀に抜けなかったか」

「義助さんよ、猪牙に揺られて夢を見ていなさったか。小此木さんよ、おめえさんは絵図と首っ引きだが、日比谷堀なんて通ったか」

善次郎は艫で櫓《ろ》をゆっくりと漕ぐ梅五郎の傍らの竹棹から「御用」の印旗が消えているのを見て、

「それがしは気づかなかったな」

と答えていた。

六つ前、船宿風りゅうの船着場に戻ってきた客のふたりの表情は対照的だった。

一口長屋の差配の義助は疲労困憊《こんぱい》し、小此木善次郎は、なんとなく明日からの御用を察していたのか、平静な表情だった。

「小此木の旦那、いつでもな、猪牙舟に乗りたければ船宿風りゅうの梅五郎を呼び出すんだぜ」

と船頭が言い切るのを義助が不安げな顔で見た。

第四章　一口長屋の秘密

一

この日、小此木善次郎は野分の文太親分と初めて対面した。傍らには賭場の用心棒というまむしの源三郎が同席していた。

「おまえさんとは早々に会いたかったがな、いまになってしまった」

頷いた善次郎は会えなかった理由は文太親分にあることを承知していた。

女好きの文太は仇っぽい女房がありながら外に女を何人も囲っているらしい。たしかに男の善次郎から見ても、女が惚れ込む役者面で貫禄《かんろく》があり、そのうえ賭場から上がる金がふんだんにあった。その文太親分にしても、近ごろ入れ込んでいる「小女《こおんな》」とは何日も賭場を空けるほど、互いに惚れ込んでいるそうな。

源三郎の言葉だ。

その間、賭場の胴元を務めていたのは、女房の彩だ。

その彩が茶菓を三人に運んできた。

「姐さん、そんなことまでさせてすまねえ」

まむしの源三郎は慌ててそんな言葉を口にした。源三郎の言葉は文太親分の行動を非難しているように善次郎には聞こえた。

「まむしの兄さん、久しぶりに親分の顔を拝みたくてね、かような真似をしましたのさ」

「ちぇっ、嫌味を言いやがる。おれだって外にあれこれと仕事があるんだよ」

と文太が吐き捨てた。

「おや、そうかえ。秘部《あそこ》に文太親分いのち、なんて入れぼくろを彫った素人娘がそんなにいいかえ」

「けっ、けたくそ悪いや、なんてことを言いやがる」

「親分、わたしゃ、明神下の旅籠も賭場もわたしのもんだよって、あの小娘が自慢げにあちらこちらに吹聴《ふいちょう》しているのを承知なんだがね、虚言かえ」

と彩が言い切った。

「うーむ」

と文太親分が唸った。

「おまえさんがその気なら、ふみ乃《の》って小娘におまえさんを譲ってもいいよ」

「どういうことだ、彩」

「湯島切通町の女の家に引っ越さないかと言っているんだよ」

「お、おれの賭場はどうなるよ」

「私がいまも面倒みているんだ。まむしの兄さんや、小此木さんらの助けを借りてやっていこうじゃないか。暮らしの費えが要るというなら、月々三十両も届けさせるよ」

「さ、三十両な」

と唸った野分の文太が善次郎を見た。

「悪くない話のようだが、となると野分の文太親分は隠居だな。姐さんの言い分が正しく聞こえるのはそれがしだけか」

善次郎が源三郎を見た。

「親分、思案のしどころだが小此木さんの言うとおり、神田明神界隈ではもはや賭場は仕切れないぜ。どうしなさるな」

まむしの源三郎も賛意を示した言葉を吐いた。

長いこと沈黙していた文太親分が、

「分かった。一日待ってくれ」

と彩に願った。

「一日だろうが三日だろうが始末をつけるというのなら待つよ。だがね、女に妙な書付を渡す真似だけはよしとくれ。あとで揉めごとになる行いはなしだ。おまえさんも野分の文太の勇み名で裏の世界を渡り歩いてきたんだ。これ以上の厄介はなしだ」

と彩が釘《くぎ》を刺した。

「親分、姐さんの言うとおりだ。この一件で騒ぎを起こすとおれも小此木さんも親分の力にはなれねえぜ」

と源三郎が言い切り、

「親分、小此木さんになにをさせようと呼びなさったんだ。まさかこの一件じゃねえよな」

「違う。おまえと関わりがある話よ」

「おれとか」

「おお、おれがおまえに一口長屋を見に行かせたあの一件よ」

「ああ、すっかり忘れていたぜ。神田明神門前の米問屋越後屋が絡んだ一件だったな。越後屋の当代の嘉兵衛に異母弟がいたって話だ。

だいぶ前に身罷った先代が遊び人でよ、玉子って女が次郎助って当代嘉兵衛の異母弟を産んだ。そいつらに、一口長屋を譲り渡すという書付を渡したって、その話だよな。親分もおれも、一口長屋がどんな長屋か知らずに見に行ったところによ、小此木の旦那一家が差配の義助に連れられてきてよ、長屋に住むことになった、あの日だったよな」

「おお、いかにもさよう。そなた、『ちょいとこの一口長屋の大家に曰くがあってな、長屋を見に来た』と漏らしておった」

と善次郎も思い出した。

「おりゃな、一口長屋を見てよ、びっくり仰天したぜ。ただの裏長屋だと思っていたら、細長い敷地が三百坪もあってよ、崖下の眺めがなんともいいじゃねえか。あの長屋を越後屋の異母弟の次郎助なんてろくでなしに渡しちゃならねえと思ったね」

「それだ、おれも長屋なんて知らねえや。それでおまえに一口長屋を見てこい、と命じたんだよ」

「小此木さんがどう関わってくるんだ、親分」

「それだ。一口長屋の新しい店子が侍でよ、腕が立つと聞いたんでよ、次郎助に会ってよ、一口長屋から一切手を引けと脅してもらおうと思ったのよ」

と善次郎を見た。

話があちらこちらに散らかって善次郎にも直ぐに呑み込めなかった。

「待ってくれぬか。一口長屋はなかなか居心地のいい長屋とわれらもひと月あまり住んで承知しておる。だが、長屋の持ち主は越後屋嘉兵衛どのであって、野分の親分にはなんら関わりがないのではないか」

「うちも越後屋も神田明神の代々の氏子頭でよ、越後屋九代目の嘉兵衛とも大番頭の孫太夫とも古くからの付き合いなんだよ。

おりゃさ、事情を越後屋から聞き及んだ神田明神の宮司《ぐうじ》さんによ、『一口長屋を次郎助なんて半端者《はんぱもの》に奪われたくない』と内々に相談されていたのよ。宮司さんの話を聞いてさ、こりゃ金のにおいがする一件だと、源三郎、おめえさんに見に行かせたわけだ」

と文太親分が言い切った。

善次郎はなんとか話が呑み込めた。

「ひとつ確かめておきたい。次郎助が九代目の異母弟というのは間違いないのだな」

「おお、おれが淡路坂下の御用聞き左之助親分に調べさせたから、間違いあるまい」

しばしこの場を沈黙が支配した。

「それにさ、先代が玉子って妾に長いことそれなりの金子を渡していたのを考えてもただの付き合いじゃねえや。血のつながった異母弟というのは間違いあるまい。大番頭の孫太夫は、先代が玉子に渡した金子の額面をすべて認めているそうな、それが七百両にもなるそうだ」

「厄介なことだな」

と善次郎は改めて思った。

「お侍さんよ、おまえさんが住んでいる一口長屋を次郎助なんて正体の知れない野郎に乗っ取られてみな、追い出しを食らうかもしれねえぜ」

「それは困る。一口長屋、われら一家は気に入っておるのだ」

と善次郎が大きな声を上げた。

「親分よ、次郎助はまさか先代の越後屋から、つまりは実の父親から証文なんぞもらって所持してないよな」

と源三郎も問い質した。

「噂に聞いた話だが、越後屋の印判《いんばん》だか花押《かおう》だかが入った先代直筆の『一口長屋譲渡状』を次郎助は持っているそうな」

文太親分が平然とした顔で言い、源三郎と善次郎は顔を見合わせ、

「ううーん」

と唸った。

「次郎助なる御仁、揉めごとの種だな」

「厄介のもとは越後屋の先代だぜ。当代の嘉兵衛は死人の親父に迷惑をかけられているんだな」

「のようだ」

と応じた善次郎が、

「どうなさるつもりだ、野分の親分さん」

「おりゃ、妾の一件で面倒を抱えているんだぜ」

と言い訳にならない言い訳をした文太親分を睨んだ彩が、

「他人事《ひとごと》みたいに言わないのよ、親分さん。こちらのカタを先につけないと、わたしゃ、親分が賭場で生きていけないことをするよ」

「ど、どうする気だ」

「そうね、差し当たって親分の弱みの数々を読売に売り込んで書かせるよ、そんな話は数限りなくあるよね。となると、野分の親分でござい なんて大きな顔は江戸ではできないよ」

「ま、待て。そんな騒ぎはやめてくんな。おりゃ、ふみ乃と別れるからよ」

「かといって、そうそう金子は用立てられないよ」

と賭場の胴元で銭箱を抱えている彩が、手切れ金はなしと言い放った。

「親分と彩さんふたりの話は、両人でカタをつけねえな。次郎助をどうするか、一口長屋がどうなるかが、越後屋にとって、小此木さんにとっても大事じゃねえか」

とまむしの源三郎が言い、

「いかにもさようでござる」

と善次郎が賛意を示した。すると、

「文太親分はよ、一口長屋の騒ぎに目処がついたら、一口長屋をうちのものにしようなんて魂胆じゃねえのか」

　と大胆な推量を源三郎が述べた。

「うーむ、まむしに見抜かれたか。この神田明神界隈で一口長屋ほど立地がよくてよ、敷地も広いところはあるめえ。一口長屋の土地はふたつに分けても長屋だろうが、妾宅だろうが建つと思わねえか」

「親分、この界隈に妾宅を新たに建てて、新たな女を囲うつもりかえ」

　彩が男たちの問答に加わった。

「彩、話をややこしくするんじゃないや。だれが本宅の近くに自分の妾を囲う家を構えるよ」

「ふーん、そんなつもりで湯島切通町にふみ乃を囲ったのかえ」

　また文太親分と本妻の彩のふたりの話が蒸し返されそうになった。

「親分、彩さんよ、その話のカタはふたりでつけろと言ったぜ。小此木さんに願って次郎助を説得させる話が先だぞ」

　まむしの源三郎がふたりの問答に割り込んだ。

「ご一統、それがし、次郎助なる越後屋の異母弟を全く知らぬのだぞ。そなたら、承知なればどのような御仁か教えてくれぬか」

「おれは知らねえ」

と文太親分が急ぎ首を横に振った。

「源三郎どのはどうだ」

「最近はこの界隈で見かけたことはないな。根津権現《ねづごんげん》の門前町のさ、伊吹《いぶき》の親分のところに草鞋を脱いでいると聞いたぜ」

まむしの源三郎が言った。

「なに、次郎助は根津権現の伊吹の籐九郎《とうくろう》一家に関わりがあるのか」

と応じた野分の文太親分の口調にはすでにこのことを承知していた気配があった。

「野分の親分とは肌が合わぬか」

「小此木の旦那、おりゃ、博奕が好きでやくざ者になったような男よ。つまり頭を使ってな、銭を儲けるのがおれのやり方だ。ところが伊吹の籐九郎は、喧嘩沙汰《けんかざた》が好きでな、腕ずくで縄張りを広げてきやがった。

元々根津権現界隈はおれの兄貴分の駒込追分《こまごめおいわけ》の徳三《とくぞう》親分の縄張り内よ、その徳三親分になにやかやといちゃもんをつけてさ、根津権現の社地の中で喧嘩沙汰に持ち込み、穏やかな人柄の徳三親分を斬り殺して自分の縄張りにした野郎さ。当人も昔大相撲《おおずもう》の十両まで務めたとか、体も大きいが力も強いや、それに悪知恵が働くのよ。肌が合わないどころじゃねえ、おりゃ、こいつとは、喧嘩はしたくねえ」

と正直な気持ちを告げた。それを聞いたまむしの源三郎も、

「うーん」

と唸ったが黙ったままだ。

「野分の文太親分だって威張っておいて、呆れた。やくざ者が喧嘩は嫌いじゃ話にもなにもならないわ。よくもまあ、神田明神下で一家を張ってきたものね」

「彩、そう言うねえ。伊吹の籐九郎の面つきを見ただけで小便ちびるほどの悪相よ。額《ひたい》が広くて、顎が張り、体つきは三十数貫はあらあ。齢は、四十一、二かね」

「おまえさん、一度も会ったことがないのかえ」

「おお、おれが駆け出しのころ、駒込追分の徳三親分の一家に挨拶に行った折りに、ちらりと見かけただけだ。あいつな、その折りは徳三親分にへいこらしていたが、二、三年後に縄張りを奪いやがった」

と野分の文太親分が血相を変えた表情で漏らした。

「小此木善次郎さんよ、次郎助に会うとなれば根津権現の伊吹の籐九郎一家に顔出しするしか手はないぜ」

「源三郎どのが案内方を務めてくれるかな」

「こいつは命がけの仕事になるな」

「となると、それがし独りで訪ねていけということか」

「おまえさんが剣術の腕前が達者といっても伊吹の籐九郎のところには、ごろごろと用心棒侍がいるはずだぜ」

まむしの源三郎は遠回しに断りの言葉を吐いた。

「呆れたわね。なにが親分よ、なにが用心棒のまむしの源三郎よ。頭を使うですって。ならばとことん伊吹一家を調べ上げて、次郎助の伊吹一家での立場を知るのが最初の仕事じゃない。ごたくを並べるんならそれから並べなさいよ」

と彩が言い放った。

「おい、彩、伊吹の籐九郎の面も考えも知らずにあれこれと能書きを言うんじゃねえ」

と野分の文太親分が言い放った。

「いいわ、小此木さんさ、私が案内方を務めるわ。だけど、その前に私なりに伊吹の籐九郎と次郎助の関わりを調べさせて。二、三日、根津権現門前の伊吹一家を訪ねるのを待ってくれませんか」

「むろん待たせてもらおう」

と応じた善次郎に源三郎が、

「小此木さんよ、念押ししよう。どんなことをしても次郎助に一口長屋を譲り渡さないな」

「まむしどの、それがし、一口長屋がいたく気に入ったのだ。神田明神下の一口長屋に根津権現の伊吹一家の手が入ることを阻止《そし》致す。一口長屋はだれがなんと言おうと、わが住処《すみか》ゆえな」

と言い切った。


二日後のことだ。

幽霊坂の神道流青柳道場に彩とまむしの源三郎が別々に訪ねてきた。

朝稽古の終わったあとの道場の片隅で三人は会った。

先に道場を訪れた源三郎が、

「次郎助が一口長屋の譲渡状を所持しているかどうか、おれには調べられなかった。だが、次郎助の背後に伊吹の籐九郎親分が控えているのはたしかだぜ。

　伊吹一家の雇われている用心棒剣客の中で、一番強いと仲間が認める新影幕屋《しんかげまくや》流《りゅう》の免許皆伝池淵三之丞《いけぶちさんのじょう》と次郎助は仲がよくてな、伊吹の籐九郎親分の信頼も厚い。伊吹一家の大事な仕事はこのふたりがすべて務めておる。仲間の話ゆえ、真かどうかは分からぬが、池淵が相手を得意の新影幕屋流剣術で斬り殺して、次郎助が亡骸《なきがら》を始末するそうな。このふたりの務めは決して表に漏れてこないそうだ」

　と報告した。

「池淵どのはいくつであろうか」

「おう、そのことを言い忘れた。四十の半ば、体つきは五尺六寸（約百七十センチ）、武術家としては並みの体格かのう。だが、仲間の剣術家たちは『池淵三之丞どのの剣さばきは電光石火《でんこうせっか》』とだれもが恐れている」

　と源三郎が言い添えた。

「助かった。それだけでも承知しておくのとおかないのとではえらい違いだ」

　と応じた善次郎が彩を見た。

「まむしの源三郎の調べは私の調べと一致しているわ」

と源三郎の仕事を彩が認めた。そして、しばらく沈黙していた彩が、

「私は次郎助と会ったわ」

と告げた。

「な、なに、あやつと会ったというか」

と源三郎が驚きの言葉を発した。

「私ね、次郎助の幼い折りを承知しているの。おっ母《か》さんの玉子さんと仲がよくてね」

「なんてこった。そんな話、知らなかったぜ」

源三郎が驚きの言葉を発し、

「次郎助は一口長屋の譲渡状をたしかに持っているそうよ。見せてはくれなかったけど、近々一口長屋を受け取りに越後屋に行くと告げたわ」

「彩さんよ、こっちの事情を話したか」

「すべて告げなければ次郎助は話してくれなかったわ。あいつはだれも信じていないね。怖いのは池淵三之丞じゃないわ、次郎助のほうよ。私が知らないなにかを隠しているわ。あいつ、亡骸の始末だけやってたわけではない。池淵とふたり、殺しを働いてきたのよ」

と彩が言い切った。

「相分かった」

「最後にひとつ、小此木さんに次郎助から伝言よ」

「なんだな」

「根津権現山門前、今夜九つ（午前零時）、小此木善次郎さんの到来を待つそうよ」

「それがしと戦うというか」

「ただ斬り合うだけじゃないわ。この喧嘩に一口長屋がかかっているのよ」

「ほう」

と善次郎が漏らすと、

「ただしかけ金が要るのよ。相手方は一口長屋の譲渡状。小此木さんのほうは金子六百両」

ふうっ
と息を吐いた善次郎が、

「そなた、越後屋の裏商いを告げたか」

と尋ねると、

「あいつ、当然そんなこと承知よ。それにしても一口長屋に六百両の価値があるかどうか」

と彩が言い放ち、首を傾げた。

二

その足で小此木善次郎は神田明神門前の米問屋越後屋に九代目主の嘉兵衛を訪ねた。大番頭の孫太夫が、

「なんぞ御用ですかな、小此木様」

「一口長屋の一件でな、主どのにお目にかかりたい」

「旦那様は本業で町奉行所に呼ばれて不在ですよ。私で事が足りますかな」

と九代目嘉兵衛の二倍の齢を重ねている大番頭が問い質した。

一口長屋の差配義助が言うには、当代が誕生したとき、孫太夫はすでに番頭だったという。越後屋の裏表をすべて承知とか。

「大番頭どのなればこの場で返答をいただけそうだ。六百両をお借りしとうござる」

「おやまあ、あっさりと大胆なことを言われますな。それとも冗談ですか」

「いや、至って真面目《まじめ》な申し出でな」

孫太夫がしばし間を置いた。

「小此木様はうちの裏稼業はもはや承知ですな。お武家様、それもそれなりに身分の高いお方、つまりは担保をお持ちかどうかですがな。この要件を満たしておられる方がうちの客人でしてな、馴染みのお方ばかりです」

と言い放った孫太夫が、

「そなた様との付き合いの始まりはいたって近ごろ、二年も前に美濃の奉公先を辞められたのでしたな。つまり浪々の身分、住まいはうちの長屋、半年先までのたな賃は一応頂戴しておりますな」

「大番頭どの、それがしの出自をわざわざ述べ立てなくとも当人が一番承知でござる」

「さようなお方がいきなり六百両の借用ですか。なにに使われますな」

と孫太夫が首を捻って質した。

真の話をすればいよいよ孫太夫の態度が硬化しそうに善次郎には思えた。

「そのことは主どのに直にお話ししとうござる、いつお帰りかのう」

「夕暮れ前には帰っておられましょうな」

「ならばそれがし、一口長屋に戻っておる。嘉兵衛様に今宵九つの刻限までに六百両を用立ててほしいと伝えてくれぬか」

「伝えますよ。とは申せ、どう考えても六百両は無理でしょうな。値の交渉になりますな」

「ならば一口長屋が越後屋の手を離れることになる」

と言い残した善次郎は一口長屋には戻らず、昌平橋を渡って一口坂を上った。

坂道の右手に小さな赤鳥居があって長屋の住人が、一口稲荷と呼ぶ社があった。

善次郎は一口稲荷に拝礼し、

(なんとしても一口長屋に住み続けられますように)

と祈願して一口長屋へ戻った。

「おや、今日は早いね」

と植木職人の女房おまんが井戸端から声をかけてきた。

「夜に御用があるでな、長屋でしばし体を休めておこうと思ったのだ」

「なに、夜に仕事かえ、大変だね。お侍の暮らしも」

「そなたの亭主どのと違い、手に職がないでな」

うんうんと頷いたおまんが、

「佳世さんは屋根葺きのおかみさんと買い物に行ったよ。芳之助ちゃんを負ぶってね」

「ならば留守の間に昼寝をしておこう」

と言い残した善次郎は長屋に入る前に、どぶ板の上に足を止めて、崖下に広がる江戸の景色を眺めた。

（一口長屋から見る不忍池《しのばずのいけ》から寛永寺《かんえいじ》の境内は絶景だ）

と改めて感心した。

長屋は佳世が丁寧に掃除をしたので塵《ちり》ひとつ落ちていなかった。

大小を腰から抜いた。

畳の間の奥に畳んである夜具を敷き延べると、わずかに貧乏徳利《どっくり》に残っていた酒を茶碗に半分ほど注ぎ、ゆっくりと飲み干すと夜具に身を横たえ、眠りに就いた。

どれほど眠ったか。芳之助の笑い声に目を覚ました。

「おお、戻っておったか」

「芳之助に起こされましたか。長屋のおかみさんに頂戴した蒸《ふ》かし芋が好みでして、満足なのですよ」

「なに、芳之助は蒸かし芋が好物か」

「なんでもよく食べます。この長屋に落ち着いてから食欲がございます。そのせいかひと回り体が大きくなりました。負ぶっていて重うございます」

「なによりじゃな」

と応じた善次郎は腰高障子に当たる陽射しを確かめた。

「おまえ様、七つ過ぎですよ。そなた、朝からなんぞ食べられましたか」

「おお、そういえばなにも食しておらぬな」

「夜の仕事があるとか。湯屋に参られてさっぱりしませぬか。その間に膳の仕度をしておきます。新鮮な鯖《さば》を買い求めましたで、煮ておきます」

「おお、鯖はそれがしの好物かな」

善次郎は脇差だけを手挟んで手拭いに着替えを持ち、湯銭《ゆせん》だけを手に明神下の門前湯に行った。仕舞い湯が近いせいか、客は仕事帰りと思しき職人ふたりだけだった。

さっぱりとした気持ちで湯屋を出ると暖簾の陰で越後屋の嘉兵衛が待ち受けていた。

「孫太夫から聞きましたぞ。六百両が入り用とか」

「いかにもさよう」

と応じた善次郎は、まむしの源三郎と、野分の文太親分の旅籠と賭場を任されている彩のふたりが調べてきた情報と先方からの注文を全て告げた。湯屋の二階に上がってのことだ。

「そうですか。先代はやはり玉子と次郎助に一口長屋の譲渡状を渡していたのかもしれませんな。女に狂った親父め、一口長屋のことをとくと知りもしないで、よくもさようような真似ができましたな」

と吐き捨てた。

「というわけで今宵九つ根津権現境内にて、次郎助が持つ一口長屋の譲渡状と小判六百両をかけて、それがし、剣術家池淵三之丞と次郎助両人と立ち合うことになりました」

嘉兵衛はしばし神田明神下の門前湯二階で思案した。

「一口長屋はなかなかの長屋ですがな、相手が持っているか持っていないかはっきりもせぬ譲渡状と六百両をかけて斬り合いですか。どちらかに死人が出るとなると、うちに厄介がのしかかりますな」

嘉兵衛は彩の調べてきたことを全面的に信じているわけではないようだ。それよりなにより、立ち合いの結末を気にかけていた。

「根津権現は相手の縄張り内ですな。死人や怪我人が出ようと始末はあちらがやるのではないか。寺社方や町奉行の役人を関わらせる真似はしますまい」

「立ち合うと申されますか」

「それがし、すべてそなた様の判断に委《ゆだ》ねます」

「相手のふたりに勝つ自信はありますかな、小此木様」

「それがし、池淵某《なにがし》にも次郎助にも会ったことがござらぬ。軽々に勝敗など口にできません」

「そうですな。それにしても一口長屋が六百両」

と呟いた嘉兵衛はまた沈黙した。

「大番頭の孫太夫は六百両なんて法外だと言うております」

「いくら一口長屋とは申せ、当然でござろうな」

「一口長屋にそれだけの価値があるものか」

と嘉兵衛が自問して首を捻った。

「嘉兵衛様、それがし、江戸の土地建物がいくらの値をつけられているか全く存ぜぬ。値がどうであれ、あの長屋の住人らとそれがし一家の想いを込めて命を張る覚悟にござる」

との善次郎の言葉に嘉兵衛がこくりと頷き、

「その小此木様の想いに応えたいが、斬り合いはね」

と町奉行所に呼ばれていたという嘉兵衛が斬り合いのことに触れた。

「ちと九代目嘉兵衛どのにお尋ねしたい。異母弟の次郎助はなぜ強気で六百両などと吹っかけておるのでござろうか」

「そこですな。次郎助はなにか一口長屋の、私どもが知らぬ話を握っておるとか」

「源三郎どのと彩どののふたりの調べが足りませぬかな」

と善次郎が自問し、

「短い日にちしかありませんでしたからな」

と言い添えた。

「ふたりしてかようなことに慣れておるようですが、一口長屋をただ今所有しているのは越後屋です、つまり私です。その私が知らぬことをふたりが探り出せるわけはない」

と嘉兵衛が言い切った。

とはいえ嘉兵衛が一口長屋について、なにか秘匿《ひとく》しているのかどうか善次郎には判断がつかなかった。

「小此木様、この立ち合い、一日先延ばしにしてようございましょうか。六百両は大金です、用意するのに一日必要です」

「明日の夜半九つへの繰り延ばし、相手方が承知しましょうか」

「一日延期の掛け合いは、うちの大番頭にさせます。孫太夫はかようなことには慣れておりまして上手です。立ち合いの場に六百両用意させます」

と嘉兵衛が言い切った。

「相分かり申した」

と善次郎は受けざるを得なかった。

「立ち合いが中止になったわけではありません。一日だけの先延ばし、伊吹一家も必ず受けますって」

と嘉兵衛が念押しし、言い添えた。

一口長屋に戻ると差配の義助が待ち受けていた。

「おい、小此木さん、今晩の仕事って越後屋から頼まれたのか」

頷いた善次郎は、

「聞いておらぬか」

と反問した。

「それがよ、おめえさんが一口長屋に引っ越してきて以来、おれへの相談は全くねえんだよ。どうやら近ごろ差配のおれのことを信頼してねえようだ」

と悔しげに言い放った。

「義助どの、さようなことはあるまい。それがしが頼まれたには曰くがあろう」

「曰くってなんだよ」

「つまり餅《もち》は餅屋と申そう」

「うむ、餅は餅屋ってか。おまえさんが頼まれた御用は危ねえ話か」

「そういうことだ」

「となるとおれじゃ役に立たねえよな」

「義助どの、この一口長屋はそなたの父親の代からの関わりと申さなかったか」

善次郎は微妙に話柄を変えた。

「おお、おれの親父が初代の差配、おれで二代目。親父とおれで五十年近くは関わっておるな」

「むろん大家は越後屋だな」

「おお、なんでも米問屋の越後屋の四代だか、五代目の先祖がだれかからこの土地を譲り受けたそうな。ということは百年以上も前から越後屋はこの地に関わっていたことになろう」

「待ってくれぬか。となると一口長屋が建てられたのはいつのことだな」

「初めてこの土地に一口長屋が建ったとき、親父が差配に雇われたんだ。つまり五十年も前に長屋があったということよ。そののち、二十年前、隣からもらった炎で焼失したんだが、越後屋では新たな長屋を再建したのさ。おれの若いころだが、棟上《むねあ》げ式も餅まきも覚えているぜ。この一口長屋は棟割だが、他の裏長屋と違ってよ、棟が高くて、建物もしっかりしているよな。天井の棟木《むなぎ》に棟板が打ちつけられるのをおれは見たぜ」

「その折りの越後屋の当主は八代目かな、それとも七代目かな」

「八代目の遊び人の嘉兵衛さんよ。棟板が上げられるのを見ただれだかがよ、『いつまでこの長屋、もつかね』と漏らしたのをおりゃ、耳にしたもの」

「遊び人の先代嘉兵衛が遊び代に困って売り飛ばすと考えられたか」

「そういうことだがよ、他に持っていた長屋は売られたが、大番頭の孫太夫さんが一口長屋だけは守り切ったと聞かされたな」

「越後屋は何軒も貸家や長屋を持っておられたのだな」

「おお、八代目時代に何軒か売り飛ばしたのよ。だがよ、九代目の嘉兵衛さんはよ、私の時代には決してひと棟だって長屋を売り飛ばす真似はしないと頑張ってなさるからよ、この一口長屋も残ってよ、こうして小此木さんが店子になれたってわけだ」

「ありがたい出会いであったわ」

「そういうことだな」

と応じた義助が、

「で、危ない仕事ってなんだよ」

と最前の話を忘れていなかった。

「差配どの、知らないでおくのも奉公人の務めのひとつにござる」

「そりゃ、そうだろうよ。だがよ、これまで一口長屋に関わる話はいいことも悪いこともおれが取り仕切ってきたんだぜ。それがよ、こんどに限っておれ抜きで、小此木さんに任された。

おりゃ、話を聞かされてもよ、一口稲荷にかけてよ、小此木さんから聞いた話は女房にもしないと約束しよう」

と言い張った。

「真にそれがしと義助さん両人だけの話にできるな」

「できるぜ」

と言い切った義助に、

「この一口長屋に関心を示しているのは、根津権現界隈が縄張りの伊吹の籐九郎だそうだ」

と告げると、

「な、なんだと、根津権現界隈が縄張りの籐九郎が神田明神の門前ともいえる一口長屋に手を出しているのか」

義助が悲鳴を上げて善次郎に質した。

「越後屋の異母弟次郎助がこの一件を伊吹一家に持ち込んだと聞かされておる」

「ああー、やばいぜ。この話」

「だから、申したではないか。伊吹一家は斬った張ったが得意だそうだな」

「おお、あいつのところの用心棒侍は野分の文太親分のところと比べものになららないや。ほんとうに厄介だぞ、小此木さんよ」

「だから、何度も申したではないか」

「くそっ、次郎助の野郎、なにも根津の伊吹一家にこの話を持ち込むことはないじゃないか。どうしたものかね。小此木さんよ」

「心配することはない」

「おい、今晩に仕事があるというのはそれ絡みではないのか」

「いや、まあそうなのだがな、明日に繰り延べになったのだ。今晩はゆっくりと休ませてもらおう。義助どの、そのことは長屋に帰って話さぬか。佳世がな、鯖煮を作って待っておるのだ」

と善次郎は井戸端に差しかけた銀杏《いちょう》の大木の下から長屋に戻っていった。


根津権現社の祭神は、素戔烏尊《すさのおのみこと》、山王大権現《さんのうだいごんげん》、八幡大菩薩《はちまんだいぼさつ》である。

江戸の根津屋敷に生まれた甲府《こうふ》徳川《とくがわ》家の出の六代将軍家宣《いえのぶ》にとって根津権現は産土神《うぶすながみ》であった。家宣とその実子の七代将軍家継《いえつぐ》が在職した折り、甲府徳川家のかかわりで敬服を大いに集めた。だが、紀伊《きい》徳川家の八代将軍吉宗《よしむね》の御代になると例祭は縮小され、地味になった。

　翌日の昼間、朝稽古を早めに終えた小此木善次郎は根津権現に向かい、拝殿に拝礼した。ついでに深編笠に着流し姿で千本鳥居を潜り、乙女《おとめ》稲荷と駒込稲荷の社を丁寧に回った。

　どこからともなく太鼓の音が響いてきた。祭礼のための稽古なのか。

　音の調べに誘《いざな》われるように進むと、背に大きく伊吹という二文字が染め出された法被《はっぴ》を着た若い衆《わかいし》が太鼓の稽古をしていた。

「おお、なかなか勇ましい太鼓じゃな」

　と呟く善次郎の言葉を聞いた若い衆のひとりが、

「おお、お侍さんもうちの一家に入りたい口か」

　と尋ねた。

「うちとはなんだな」

「おめえさん、根津に来てうちを知らねえか、在所者か」

「おお、美濃で食いつめて江戸に出てまいった。なんぞ一家に働き口があるかのう」

「剣術はどうだ」

　若い衆が太鼓のバチで刀を握る真似をしてみせた。

「ううーむ、それがし、剣術よりも遊芸、そうじゃ、太鼓と三味線の稽古のほうがよいな。それでなにがしか日給が出るとなおよい」

「うちに雇われている剣術家の前でそんなことを抜かしてみな。叩き殺されるぜ」

「それは困る。それがしは爺様婆様《ばあ》を含めて五人の口を養わねばならぬのだ」

善次郎はあれこれと虚言を弄した。

「さっさと行きな。おお、そっちに行くと伊吹の親分一家が構えている前を通るぞ」

「それがし、足早にそっと抜けるでな」

と言いながら不忍池から流れ込む疎水《そすい》に向かって通り過ぎた。

根津権現の門前に陣取った伊吹の籐九郎一家の構えは、間口三十間（約五十五メートル）はありそうな総二階の豪壮な造りだった。

なんの揚《あ》がりがあればかように立派な総二階造りができるのか、善次郎には想像もつかなかった。

（なんとも厄介に巻き込まれたたな）

と思ったが、立派な構えほど内実は伴っていないという陰流苗木の教えを思い出していた。

三

神田明神下の一口長屋に戻った小此木善次郎を義助が待ち受けていた。

「おお、どこをふらついていたよ。そんな暢気なことでいいのか」

「根津権現界隈をぶらついておった」

「な、なんだと小此木さん、おめえ、おれが言ったことを信じてなかったか」

「いや、確かめに行ったのだ」

義助が善次郎の袖を摑んで、

「ここじゃ話せねえよ。どこかに行こう」

と引っ張った。

「義助どの、それがし、かように無事に戻ってまいった」

と応じる善次郎を無言で坂上に引っ張っていき、神田明神の左右を窺った義助が、

「左は越後屋の店前か、まずいな。よし、神田明神の境内に行こうじゃないか」

と右手の山門へと強引に連れていった。

「小此木さんよ、銭を持っておるか」

と質した。

「金子じゃと。縄張り外の根津権現に参ったのだ。賽銭くらい持っておらんとな。万が一に備えて佳世が持たせてくれた一分と銭が少々巾着に残っておるわ」

よし、と応じた義助が拝殿に向かう参道を横手に外れて、梅林に囲まれた茶店に善次郎を連れていった。そんなわけで神田明神の茶店に初めて善次郎は入ることになった。

さすがに江戸の総鎮守の神田明神だ。江戸じゅうどころか江戸に出てきた在所の者まで茶店で休んでいた。

「あら、一口長屋の差配さん、珍しいわね」

と年増の女衆がふたりを迎えた。

「おお、おつねさん、どこぞでさ、ふたりだけで内緒話ができるところはねえか」

「内緒話なの、このおふたりさんで艶《つや》っぽい話じゃないわね。野暮用ならば明神梅の木の下ね。あそこの縁台が空いているわ。なににする、名物の明神だんごとお茶、それともお酒を飲んで野暮話」

と梅林の中でも一段と古木の梅に視線を向けて、ふたりの懐具合を推量したおつねが問うた。

しばし間を置いた義助が、

「小此木さんよ、一分持っていると言ったよな。茶とだんごなんぞより刻限も刻限だ、酒をもらおう。おつねさん、酒をくんな。冷やでいいぜ」

と善次郎の懐の金子を当てに酒を注文した。

おつねが、あいよ、と姿を消した。明神梅と女衆が呼んだ古木の下の縁台に腰を下ろした。

「義助どの、酒はよいが一杯だけだぞ。酔っぱらって内緒話を長屋でしゃべり散らすと、新たに厄介が生じるからな」

と忠言した。

「おお、一杯だけだ。案じなくていいや」

と言い切った義助が、

「おめえさん、根津権現をどうみたよ」

「おお、根津権現社もなかなかの社ではないか、躑躅《つつじ》がたくさん植わって花の季節にはさぞ見事であろうな。この神田明神も立派だが、根津権現もなかなか風情がある」

「おい、根津権現の社や名物の躑躅なんぞはどうでもいいんだよ。伊吹の籐九郎一家の奴らを見たな。野分の文太親分のところより威勢がよかろう」

「おお、武張《ぶば》った様子でな、若い衆にうちで奉公するかと誘われたぞ」

「なんだって危ない真似をするんだよ。まさか剣術の腕前を自慢したりしてねえよな」

「案ずるな。それがし、剣術より太鼓や三味線のような遊芸がいい、と答えたら、うちじゃ使えねえな、とあっさり愛想を尽かされた」

「おい、池淵三之丞や次郎助に会わなかったろうな」

「間口三十間はありそうな伊吹一家は野分一家と異なり、ぴりぴりとしていたな。なんぞ厄介ごとが生じているのかもしれんな」

とだけ善次郎は義助に応えていた。

善次郎は先ほど伊吹一家の表構えを確かめたあと、根津権現の裏門からふたたび境内に入り込み、伊吹一家の様子を覗くことにした。

太鼓の音が聞こえる権現社の躑躅の中で四半刻ほど覗いていると、一家の表に駕籠が止まり、緊張が奔《はし》った。伊吹と染め出された法被を着た若い衆が表に大勢並んで、奥を窺った。

すると五体から危機感を漲《みなぎ》らせた大男が姿を見せた。

「親分、御用ご苦労に存じます」

と声を揃えて送り出す若い衆には一瞥《いちべつ》もせずに大男が待ち受けていた駕籠に乗り込んだ。元大相撲の十両を張ったという籐九郎だろう。

(なんぞ御用で出かけるか、供はいないか)

と善次郎が見ていると、ひとりの用心棒と思しき剣術家と着流しの若者がどこからともなく姿を見せて駕籠の傍らに従った。

気配を消したふたりは不気味な感じを匂わせていた。

「池淵さんよ、親分の付き添い頼みましたぜ」

若衆頭が剣術家に声をかけたのを善次郎は聞いた。

となると、その傍らの着流しの若者が、越後屋の異母弟の次郎助だろうと善次郎は推量した。だが、若衆頭は次郎助を一瞥もしなかった。一方、次郎助も若衆頭がその場にいないかのように振る舞っていた。

伊吹と染め出された法被を着ずに着流しということは、池淵と次郎助は伊吹一家の子分ではなく客分のような立場なのかと善次郎は推測した。

とはいえ、池淵と次郎助のふたり組、伊吹一家で頼りにされている様子が窺えた。剣術家池淵三之丞の従者としては破格の扱いに善次郎には思えた。

剣術家の池淵は別にして、次郎助の得物《えもの》がなにか知りたいと思ったが、根津権現の境内からではさすがに察することもできなかった。

(こちらもなんぞ企てが要るな)

と思った。というのも根津権現は相手方の縄張り内だ。池淵三之丞と次郎助のみが相手とは限らなかった。用心棒が何人も加わることだって考えられた。

一方、こちらはひとり、

(どうしたものか)

と考えたとき、小さな破《や》れ寺が目に留まった。この寺をなにかに利用できないかと思案した末に荒れ果てた寺の門を潜った。

「で、どうするよ、今晩九つ」

と義助が善次郎に質した。

「行かざるを得まいな」

「先方のかけるのが一口長屋の譲渡状と言うたな。おまえさん、六百両どうするよ」

「この足で越後屋に参ろうと思う」

との言葉に義助も同行したい気配を見せた。が、

「おれが同行しても越後屋で歓迎されるとも思えねえや。おりゃ、長屋で待っているぜ」

「さようか。義助どの、越後屋とそなたは長い付き合いじゃぞ。あまり気にし過ぎてもよくはあるまい。まあ、この一件がどう納まるか知らぬが、しばし見守っておられよ」

「分かった」

と義助が承知した。

神田明神門前の米問屋の越後屋では善次郎を待ち受けていた。直ぐに奥座敷に通された善次郎を嘉兵衛が迎えた。

「まだ夜半まで間がありますな。六百両をいまお持ちしますかな」

と言った嘉兵衛の顔は険しかった。

「小此木様とうちの付き合い、妙に六百両が絡みますな。過日の六角家からの返済金も六百両でしたな」

「おお、さようであったな。偶さかのことであろうか」

「むろん表高家の六角家と根津権現の伊吹一家に関わりがあるとも思えません。偶さかのことでしょう」

嘉兵衛が、善次郎をじっと見つめて続けた。

「小此木様は小判六百枚、お抱えになったことがございますかな」

「嘉兵衛どの、そのような大金に触ったこともござらぬ」

「重うございます。六百両をうちの手代か番頭に根津権現まで持たせましょうかな」

「大金を持った奉公人どのがそれがしに付き添うとなると、その方も騒ぎに巻き込まれて怪我など負うことが考えられませんかな」

「ありえますな。親父め、身罷ったあとまで越後屋に迷惑をかけますな。さて、どうしたもので」

と考え込んだ。

越後屋にとっても小此木善次郎ひとりに大金を渡すのは不安なのだろうかと、

善次郎は考えた。

己自身、池淵三之丞と次郎助との真剣勝負に専念したかった。となるとやはり六百両の小判の運び人には信頼できる人物が要るなと思った。

立ち合いの場で冷静に行動できて口の堅い人物がいるだろうかと考えた。

(そうだ、野分の文太一家の用心棒まむしの源三郎はどうだろう)

と善次郎は思いついた。

だが、度胸は持ち合わせているかもしれないが、野分一家と伊吹一家は同業のやくざ稼業だ。まして一家の力は断然伊吹一家が上となると、まむしの源三郎では相応《ふさわ》しくないように思えた。なにより嘉兵衛がやくざの用心棒の源三郎を六百両の運び人に認めまいと思われた。

(ううん、どうしたものか)

越後屋に信頼され、相手方の伊吹一家に警戒させず一口長屋に愛着を感じている御仁は、となると差配の義助しか思いつかない。

こちらは根津権現の立ち合いの場で冷静でいられるかどうか、不安ではあったが、この騒ぎの経緯を最初から承知なのは、差配の義助ひとりしかいない。

「嘉兵衛どの、一口長屋の差配を親子二代にわたって務める義助どのではどうであろう」

「おお、義助さんな。請《う》け合ってくれましょうかな」

「それがしが説得すればなんとか引き受けてくれそうな気がします」

「うちの差配ならばこの騒ぎの経緯を一から話すことも要りませんな」

「いかにもさよう。とは申せ、真剣勝負の結果次第では危ないことも考えられましょう。嘉兵衛どの、ふだんの俸給《ほうきゅう》とは別に格別な手当てを考えてくださらぬか」

「それはもう」

と認めた嘉兵衛が、

「私、こたびの騒ぎをすべて小此木善次郎様に負わせて事を進めておりましたが、一口長屋の譲渡状と六百両をかけた勝負、小此木様が勝つと言い切れましょうかね」

と当人の前で疑問を呈した。

おたがい六百両がかかる勝負だ、本気で言い合っていた。

「それでござる。池淵三之丞の新影幕屋流とそれがしの陰流苗木、立ち合ってみねば結末がどうなるかだれにも」

「それで今朝の稽古を終えたあと、立ち合いの場の根津権現境内を見てまいりました」

「分かりませんか」

「おお、それで小此木様は神田明神界隈にはおられませんでしたか。六百両の一件で小此木様と話し合おうと先ほどお訪ねしたのです」

と応じた嘉兵衛が、

「伊吹一家の住まいも見られましたな」

「なんとも立派な構えですな。野分一家の主な揚がりは博奕からだそうですが、伊吹の籐九郎の稼ぎはなんでございましょうな」

「小此木様、うちのような表の米問屋と関わりがございましてな。世間には知られていませんが、浅草御蔵前の百九株の札差の揉めごと一切を伊吹の籐九郎が始末しておりましてな、莫大な金子が根津権現門前の伊吹一家に流れ込んでおるのでございますよ。比べるのも愚《おろ》かですが、うちの揚がりの何十倍もございましょうな。ゆえに剣術自慢の遣い手を何人だろうと抱えることができますので」

「話を聞きますにこの騒ぎから手を引きたくなり申した」

「小此木様、今さら困りますぞ」

と嘉兵衛が慌てた。

善次郎はしばし間を置いて言い切った。

「こちらも江戸で暮らしを立てねばなりません、なんとしても手柄を立てぬとな。美濃の在所剣法陰流苗木の名にかけて今さら引くにひけませんな」

「いやいや、安堵しました。小此木様、この騒ぎの始末がついた折りには、小此木様一家の暮らし、なんとか考えさせてもらいます」

「それがし、一口長屋の住人でおることができれば、それ以上なんの望みもありません」

と答えた善次郎は、

「それがしの今宵の付添人にして六百両の運び人、差配の義助どのでようございますな」

と話を戻した。

「了解致しましたぞ。で、六百両の受け渡し、いつの刻限、どこで致しましょうな」

「根津権現近く池之端七軒町《いけのはたしちけんちょう》に、休昌院《きゅうしょういん》なる小さな破れ寺がございます。無住かと察しましたが訪ねてみると年寄りの庵主《あんしゅ》がおられました。そこへ大八車に積んだ六百両を義助どのに引かせて五つ半（午後九時）までに届けさせてくれませぬか。この破れ寺を根津権現界隈のわれらの避難所として使うつもりです。思いがけず大勢の敵に囲まれたときなど逃げ込めるようにな」

「おお、さようなことを考えられましたか」

「嘉兵衛どの、寺の庵主に三両の間借り賃を要求されました。それがしと義助どのふたりの隠れ家です。この金子、前払いというのを五つ半に支払うことで了解させました」

「三両ですか、破れ寺め、小此木さんの足元を見ましたな。致し方ありません。帰りに小此木さんに渡します」

と嘉兵衛がなんとか承知した。

「この企てのことも避難所のことも、それがしから義助どのに伝えます」

「ということは義助さんひとりがうちから大八車に積んだ六百両を池之端七軒町の破れ寺の休昌院まで運んでいきますか」

「大八車に小判六百枚ではだれもが不審に思いましょう。こちらは米問屋ですな、空き俵《だわら》なんぞを積み込んで六百両を隠してくれませんか」

嘉兵衛が訝しげながらも了解した。

五つの刻限、義助は米問屋に出入りする店子のなりで訪れると、大八車に使い古した俵を山積みに載せて引き出していった。

義助は富沢町《とみざわちょう》の古着屋でさえ売り買いできないようなぼろ着に身を包み、汚れ手拭いで頰かむりをして池之端の不忍池に向かった。

「えらい仕事を引き受けさせられたぜ。まだ人の往来があるからいいようなものの、一刻あとならば怖くてしょうがないや」

とぼそぼそ独り言を言いながら大八車を引いていく。坂道を下って池之端に出たときは、すでに四半刻が過ぎていた。

「暗い中で、破れ寺がすぐ分かるかね」

と訝しく感じたとき、大八車の後ろからひたひたと草履《ぞうり》の音が従ってくるようだった。

(なんだよ、強盗《ぶつたくり》なんかじゃねえよな)

と思いながら義助は大八車を引く手に力を込めた。すると後ろの草履の音もこちらに従って速くなったようだ。

(命あってのモノだね)

と思いながら必死で大八車の柄《え》を押した。

池之端七軒町の破れ寺休昌院なんて、ほんとうにこのへんにあるのかと、寺町が続く左手を必死で見つめていた。

大八車の柄にぶら下げた提灯の灯りがたよりだ。

「ああ」

前方に破れ提灯がぶら下がっているのが見えた。

「あれが休昌院って破れ寺か」

との独り言に大八車の後ろから、

「おお、あの灯りがそうだ」

という小此木善次郎の声が答えた。

「えっ、なんだ、後ろから従ってきた足音は小此木さんか」

との安堵の声が出た。

「義助どの、大きな声を出すでない。もはや相手の縄張り内だぞ」

という声がして小此木が姿を見せ、

「ここだ、ここだ。大八車を入れて門を閉めるぞ」

ふたりして六百両をぼろ俵の下に積んだ大八車を破れ寺に入れると門が閉じら

れ、提灯といっしょに庵主が姿を見せて、

「はい、三両」

と善次郎に手を差し出した。

「なんだよ、破れ寺は尼寺《あまでら》か」

とほっとした声を義助が漏らし、

「三両を四両に値上げしましょうか」

と庵主が言った。

四

尼寺休昌院の一室で半刻ほど休ませてもらった。

尼僧《にそう》の明香《めいこう》はふたりの男たちが神田明神界隈から夜の間に大八車を引いてきたことに関心を示した。そこで小此木善次郎が根津権現門前に一家を構える伊吹の籐九郎一家との対立を掻い摘《つま》んで語った。

すると伊吹の籐九郎一家と聞いただけで、尼僧は、

「ああ、伊吹一家ですか、伊吹一家の悪辣《あくらつ》ぶりにこの界隈の住人はうんざりして

いましてな。おふたりさん、えらいことに巻き込まれましたな」

と善次郎の告げたことを信じてくれた。そのうえで、

「休昌院は貧乏尼寺ゆえ伊吹一家の者はだれも知りはしますまい。なんぞあったらいつなりともうちに逃げ込んできなされ、そなた様がたがいるとは気づきますまい」

と親切にも忠言してくれた。

小此木善次郎と義助の両人は大八車のぼろ俵の下に隠していた六百両の包みを取り出し、義助が担いで善次郎に従った。

休昌院から根津権現に至る裏路地を尼僧が教えてくれた。裏路地の西側は水戸中納言徳川家の広大な中《なか》屋敷だった。昼間にさえだれひとり通る者はいないという。

「おまえ様がた、伊吹一家の連中をたっぷりと待たせなされ。九つ半（午前一時）時分にはな、この明香が立ち合うふたりだけにしてあげますでな」

「えっ、尼さんさ、そんなことができるか」

と義助が質すと平然として、

「私が不忍池まで連中を呼び出しましょう」

と約定し、

「危ないぜ」

「ご案じなさるな。明香は尼寺暮らし五十余年の老尼僧です。伊吹一家の若い衆を必ず根津権現門前から遠ざけますでな」

と言い切った。そんなわけで相手方から九つとの指定であったが、半刻ほど待たせることにした。

明香尼僧から教えられた休昌院の裏口から長い塀が続く路地に出て、尼寺で借り受けた提灯の灯りを頼りにふたりは進んでいった。

昼間と夜ではまるで様子が違った。

「おお、ここは根津権現の神主の社地ではないか」

と善次郎が、根津権現の本殿前の湧水池から流れ出る小川の向こうを見た。

ふたりは灯りに浮かんだ木橋を渡った。そして、伊吹一家の池淵三之丞と次郎助の両人が待つはずの根津権現の門前ではなく、裏手から透塀《すきべい》伝いに進んで拝殿の回廊にふたりは出た。

刻限は九つから四半刻は過ぎているだろう。

善次郎は提灯の灯りを消した。

山門下に池淵三之丞と次郎助のふたりの姿はあって、門前を睨んでいた。

善次郎と義助は拝殿回廊の暗がりに六百両を下ろして相手方の動きを眺めることにした。

九つ半の時分か、

「くそっ、来やがらねえや」

と次郎助が吐き捨てるのが夜の静寂《しじま》に、拝殿回廊のふたりの耳に届いた。

「あいつら、やきもきしてやがるな」

と義助がぼそりと漏らした。そして、

「門前あたりにうじゃうじゃと伊吹一家の野郎どもは隠れていような」

「おお、われらを待っていよう。なにしろ一口長屋の譲渡状と六百両をかけての真剣勝負じゃが、両方とも手に入れる算段であろう」

「小此木さんさ。わっしら正直にも越後屋から六百両を借り受けてきたぞ。次郎助は一口長屋の譲渡状を携えていやがるかね」

「一応六百両と譲渡状をかけての勝負だ。わがほうだけが正直では勝負になるまい」

「なるまいったって、相手は池淵三之丞と次郎助両人のはずがごちゃらごちゃら伊吹一家の子分どもを控えさせているんだぜ。おりゃ、あっさりと六百両をくれてやるなんて御免だぜ」

「義助どの、忘れたか。明香尼僧が伊吹一家の面々を池之端まで遠ざけるって話をな」

「そんなことができるかね」

「おお、老練な尼僧の知恵じゃぞ。やくざ者など束になっても敵うまい」

「そうかねえ」

と義助が答えたとき、池淵三之丞と次郎助の両人は、この界隈から伊吹一家の面々がどこかに姿を消した気配を感じていた。

「ほれみよ、明香尼僧の年の功をな」

と義助に言った小此木善次郎が回廊の陰から立ち上がり、小此木家に代々伝わる大刀を腰に差し戻して、闇の回廊から常夜灯の灯りがこぼれる拝殿前に出ていった。義助も六百両の包みを担いで従った。

その気配に両人が振り返った。

「おお、そこにいたか。待たせやがったな」

と次郎助が吐き捨てた。

「待たせたのはそのほうらじゃ。われら、こちらで約定の刻限どおり、最前から待っておったわ」

と応じた善次郎が、

「次郎助、たしかに一口長屋の譲渡状、持参しておろうな」

と質した。

「おめえらこそ、六百両携えておろうな」

「案ずるな、次郎助。そなたひとり、一口長屋の譲渡状を持って賽銭箱の傍らに参れ。一口長屋の差配の義助どのが六百両の現物を見せよう。そなたも譲渡状を広げて、互いが確かめ合うのだ」

「おめえらふたりなのに、おれにひとりで賽銭箱まで来いというか」

「それがしは回廊の奥へ引っ込んでおるわ」

次郎助が池淵三之丞を見た。

「次郎助、わしは小此木善次郎とやらの動きを見ておるわ。訝しき行いは新影幕屋流がさせぬ。安心して長屋の差配の六百両を確かめよ」

との言葉に、次郎助がにたりと笑って山門下から拝殿前へと歩いてこようとした。

「待った。次郎助とやら、いまひとつ注文がある」

と善次郎が言った。

「なんだ、在所者」

「そのほうと義助どの、ふたりとも、褌《ふんどし》ひとつになってもらおう。互いに得物なんぞはなし、手にするのは譲渡状と六百両の小判のみ」

「なんだと、江戸っ子に向かって褌ひとつになれってか」

「見ておるのは池淵三之丞どのとそれがしのみ、次郎助、さらしも取ってもらうぞ。でなければ、この真剣勝負はなしだ」

「くそったれが」

と吐き捨てた次郎助に三之丞が、

「美濃の田舎者、なかなかやりおるな。そなたの飛び道具は、そうなると役に立たんわ。まあ、わしと陰流苗木小此木某との勝負にかけるしかあるまい」

と言った。

が、未だ次郎助は迷っていた。それを見た義助がさっさと褌ひとつになり、

「ほれ、六百両の包みも見せるぜ」

と風呂敷包みを解いた。

こうなるともはや致し方ない。

次郎助も衣服を脱がざるを得ない。さらしを解く折りに異国製と思しき両刃《りょうば》の短剣二本をくるりと巻き込んだのを善次郎は見た。

飛び道具とはこの短剣らしい。ともあれこの度に役立たずになったことはたしかだ。

褌ひとつの義助と次郎助が賽銭箱の傍らで向き合った。次郎助は提灯を提げていた。六百両を確かめる心算か。

「次郎助。おめえの親父の実家の越後屋が、かけ金の六百両をこうしておれたちに持たせたんだ。まさか包金の紙まで破れとは言いはしめえ。こたびの一件で当代の嘉兵衛さんが妙な駆け引きはするなとおれたちにも命じられたわ。それとも金座後藤《ごとう》家の名入りの包金すべて、根津権現の拝殿前に晒《さら》すかえ」

積んである六百両を手にした提灯の灯りでしばし確かめていた次郎助が、

「嘉兵衛を信用するしかあるめえな」

と言った。

「ならばおめえさんの親父、八代目嘉兵衛さんが認めたという一口長屋の譲渡状を見せてくんな」

義助は、褌姿の次郎助がどこに譲渡状を隠し持っているかと睨んだ。

するとと次郎助が褌の背のほうに挟んであった包み紙を引き出すと、中から書付を取り出した。

「親父がおれに持たせていた一口長屋の譲渡状の本物だぜ、提灯の灯りでとくと確かめな」

と包み紙を口に咥《くわ》えると書付を広げて見せた。

「なになに、一口長屋譲渡状か、おまえの名も八代目の名も認めてあるな。偽物《にせもの》ではあるまいな」

「今さらなにを抜かしやがる。親父がおれのおっ母さんに渡した一口長屋の譲渡状よ。そのころ、親父はおっ母さんにべた惚れに惚れてやがったから、こんな書付をくれたんだろうな。おりゃ、こいつを最初に見せられたときよ、裏長屋の譲渡状なんかにどれほどの価値があるんだと思ったもんだぜ」

と次郎助は書付を包み紙に戻して言い放った。

「おお、そこだ。一口長屋は並みの長屋じゃねえぜ。何しろ景色のいい、神田明神の崖の途中、三百坪の敷地に長屋が一軒建っているだけだ」

と威張った義助が、

「とはいえ、六百両の値がつくとは思えないがな」

と言い添えた。

禅姿のふたりの根津権現拝殿前の問答は、他人が見たらなんとも奇妙な光景だろう。

「ふーん、差配のおめえも知らねえか」

と次郎助が呟くように言った。

義助は、

(おれが知らないことを承知か)

と次郎助を見て自問した。

「なんぞ親の代からの差配のおれも知らないことを承知の口ぶりだな」

「おれの異母兄の嘉兵衛は承知かねえ、あっさりと六百両をこうしておめえらに持たせたところをみると」

「おお、六百両は別にしてよ、一口長屋に住んだ者にしか、あの長屋のよさは分からねえぜ」

と義助が応えると次郎助がせせら笑い、山門下に控える池淵三之丞が、

「次郎助、いつまでだらだらと問答を繰り返しておる。六百両を本物と確かめた

のならば、頂戴していこうぞ」

と催促した。

「おお、合点《がってん》承知の助だ。あとは池淵さんの腕次第だな」

と次郎助が賽銭箱の傍らの六百両の小判の上に譲渡状を載せた。そして、次郎助は譲渡状と六百両のかけ金の前に残った。

それを見た池淵三之丞が山門下から拝殿へと歩いてきた。

善次郎は一口長屋の差配の義助も自分も知らされてない秘密があるのかと思案しながら池淵三之丞の動きに従い、唐門《からもん》と拝殿の真ん中あたり、参道に間合い三間で向き合った。

「池淵どの、新影幕屋流、拝見致す」

「よかろう、陰流苗木とやら見て遣わす」

と言い合った両人は刀の柄に手をかけた。

その瞬間、善次郎は夢想流抜刀技を使うことを止めた。

池淵は、善次郎に陰流苗木と指名した。それは抜刀技を封じるためなのか、あるいは夢想流抜刀技を使うことを全く知らぬか。

ともあれ新影幕屋流と陰流苗木の対決になった。

両人が正眼に構え、間合いを詰めた。

間合い一間。互いが一歩踏み込めば生死の境に入る。

池淵三之丞は悠然として正眼の構えを維持した。

それを見た善次郎も同じく正眼に構え合った。

ゆっくりと時が流れていく。

互いが後の先を狙ったわけではない。最初の一歩を決し切れないでいた。

義助は善次郎の背中を見ていた。つまり対決する三之丞の姿は見えなかった。

次郎助は少し参道の敷石から外れて、立ち位置を変えていた。ために善次郎の構えは斜め後ろから見え、三之丞の全身は根津権現の常夜灯の灯りにおぼろながら見えた。

(どちらが先に仕掛けるか)

義助は微動だにしない善次郎の背中をただ凝視していた。

(動くとしたら池淵三之丞だろう)

と義助は漠然と思った。

一方、次郎助が三之丞に従ってきた殺しの場数は数え切れなかった。常に先《せん》の先を選び、相手がその「気」になる前に踏み込んで斃《たお》していた。

むろん相手が性急に仕掛けてきたこともないわけではない。その場合でも斬り合った瞬間には、三之丞が先を取って斃していた。

次郎助は小此木善次郎の右手が見える位置にいた。だが、六尺余の長身は石像のように静かに立ったままだ。

池淵三之丞に視線を戻した。

こちらも不動の構えは同じだが、いつもの池淵三之丞と違うと思った。なにが違うのか、常に戦いの主導権を握ってきた三之丞の変化に戸惑いを感じた。

(なにかなすことはないか)

次郎助は苛立った。

根津権現社の境内の雑木林が夜風に揺れた。すると落ち葉がはらはらと対決者に散りかかった。

(どちらが動くか)

と義助が考えたとき、次郎助の足が己の脱ぎ捨てざるを得なかった衣類にかかって、足先が異国製の両刃の短剣の柄を踏んでいた。

ちらり
と三之丞がそれを認めると、

すすっ
と間合いを詰めた。

善次郎はその動きを見ていた。

次郎助の足裏が押さえていた両刃の短剣の柄を気配もなく踏み込むと、短剣が眼前に飛び上がってきた。その飛び道具を次郎助は摑んだ。

（よし、おれがもらった）

とばかり短剣の柄を握り直した。

対決者は、すでに互いの刃が届く間合いにいた。

やはり先手を取って主導したのは池淵三之丞だった。

正眼の剣が寝かせられてそのまま突進した。

善次郎は相手の切っ先が心臓《しんのぞう》に伸びてくるのを見ながらごろりと参道に転がり、脇差を片手で抜き取ると後ろの虚空に向かって投げた。

短剣と脇差が交差するように飛び交い、本能で感じた殺気に向かって投げた脇差が次郎助の胸部に突き立っていた。

「ぎゃあああー」

悲鳴が上がった。

（なんと次郎助が殺《や》られたか）

と池淵がそちらに注意を向けたとき、小此木善次郎が立ち上がった。その手にあった抜身が鞘に戻されていた。

間合い半間（約〇・九メートル）で両人は向き合っていた。

ふうっ
と息を吐き合ったふたりが同時に仕掛けた。

抜身と鞘に納まった刃渡り二尺三寸五分の刃がふたたび攻め合った。

光の刃と先ほどまで鞘に納まっていた刃が絡み合った。

（斃した）

と池淵三之丞が快哉《かいさい》を叫ぼうとしたとき、脇腹にひやりとした殺気を感じて横に飛ばされながら意識を失い、参道に落ちたときには息が止まっていた。

「夢想流抜刀技一の太刀」

との善次郎の言葉が義助の耳に届いた。

第五章　仇敵《きゅうてき》現る

一

小此木一家が一口長屋に住み始めてはや半年近くが過ぎ、師走を迎えていた。

木戸口の紅葉は赤く染まった葉っぱをいつしか散らし、小さな一口稲荷の分社や赤鳥居が、長屋に出入りする住人を送り迎えしていた。

「おまえ様、江戸の気候は美濃と比べて穏やかでございますね」

「おお、美濃の師走は暗くて寂しいでな、気持ちまで寂しくなるな」

「反対に江戸の師走は、皆さん忙《せわ》しげで、正月仕度に楽しそうに勤《いそ》しんでおられます。私たちにとっては初めての正月ですが、神田明神は江戸一番の大勢の初《はつ》詣《もうで》の人々をお迎えするそうです」

と夫婦で言い合った。

小此木善次郎は幽霊坂の神道流青柳道場の朝稽古に通い、独り稽古に没頭したり門弟衆と立ち合い稽古をしたりと客分の使命を果たしていた。

根津権現にて池淵三之丞と次郎助との対決を制した善次郎は、義助とともに根津権現から神田明神門前の米問屋越後屋に戻った。その道中、

「義助どの、あのふたりの亡骸は互いが仲間争いをしたように絡み合わせて残してきたが、われらにお上《かみ》の手が伸びることはござるまいか」

と胸の不安を質していた。

「たしかにわっしらは下手な小細工をしたさ。ふたりの亡骸を見つけるのは間違いなく伊吹一家の面々だぜ。籐九郎親分は子分たちから知らされたときよ、まず自分の身にふたつの亡骸がどう降りかかるか、考えような。となると寺社方の差配地の根津権現から用心棒の池淵三之丞と次郎助を密かに運び出してよ、あいつらが人殺しをした折り密かに埋める破れ寺の墓地なんぞに埋めて、知らぬ顔を通すぜ。むろんふたりが仲間争いをしたなんてこれっぽっちも考えていないさ。だが、公《おおやけ》にできる話じゃねえや。ふたつの亡骸の始末は、伊吹一家に任すんだな」

「それがしの懐にある一口長屋の譲渡状は、越後屋の当代の嘉兵衛どのに渡してよいな」

「嘉兵衛の旦那と大番頭の孫太夫さんにさ、八代目が認めたという、おまえさんの懐にある譲渡状が本物かどうか確かめてもらうのが先だな」

「われら、越後屋の先代の手跡《て》は知らぬ。万が一にも偽筆《ぎひつ》ということはあるまいな」

「次郎助はその譲渡状を本物と信じていやがったな。わっしの勘だが、偽の譲渡状を拵えるなんていささかも考えはしなかったのではねえかと思うな」

「ならば越後屋の主従に鑑定を願おうか」

と言い合ったふたりは、越後屋の大番頭孫太夫に無言裡に迎えられた。

孫太夫は、義助の提げた六百両包みを見てこくりと頷き、奥座敷へと通し、自らも従った。

善次郎と義助を見た嘉兵衛が、

「よう戻られましたな、ご両人」

と安堵の表情で迎えた。

「おふたりに、確かめてほしゅうござる」

と次郎助が携えていた一口長屋の譲渡状を差し出した。

「ほう」

と古びた奉書紙の包みを見た孫太夫が即座に漏らし、嘉兵衛が訝しげな顔を大番頭に向けた。

「旦那様、昔、うちが大事な証文や書付を包むのに使った奉書紙と似ておりますな。室町の紙問屋稲城屋《いなぎや》に造らせていたものですよ。二十年も前に稲城屋から火が出て、お店が焼失して潰れましたな。ために今の包み紙とは違います」

と孫太夫が言った。

無言で頷いた嘉兵衛が奉書紙を開き、四つ折りの譲渡状を出して広げた。そして、一瞬瞑目したあと、両眼を見開くと文面に落とした。

しばしの間のあと、

「親父の手跡ですね」

と漏らし、孫太夫に渡した。

こちらは嘉兵衛の何倍もの暇をかけて譲渡状の文面を追い、大きく頷くと、

「八代目越後屋嘉兵衛様の文字、さらには印判ですな。うちの先代が認めたものに間違いございませんぞ、旦那様」

と言い切った。

嘉兵衛が善次郎を見て、

「ありがとうございました」

「役に立ち、ようございました」

と応じ合った。

「小此木様、当代の異母弟はどうされましたな」

「越後屋に異母弟などおられましたかな」

善次郎が問い返し、

「えっ、お会いにならなかった」

とこんどは嘉兵衛が質した。

「義助どの、そなた、さような御仁に会いましたかな」

善次郎が義助に念押しした。

「いえ、根津権現境内は真っ暗でしてな、わっしはなにが起こったか全く見ておりませんので」

と答え、お互いの問答のちぐはぐさに奥座敷を沈黙が支配した。すると、

「ご両人に申し上げましょう。もはやさような御仁が神田明神門前の越後屋や一

口長屋に関わって迷惑をかけることはございますまい」

と善次郎が語調を変えて言い切り、嘉兵衛と孫太夫主従が顔を見合わせ頷き合い、無言裡に善次郎に頭を下げた。


師走のその朝も、善次郎は幽霊坂の青柳道場で稽古と指導に打ち込んだ。

道場の長屋門を出たとき、越後屋九代目嘉兵衛がひとり、善次郎を待ち受けていた。

「おや、越後屋の旦那どの、なんぞございましたかな」

「本日、しばし暇を貸してくれませんか、小此木様」

善次郎は首肯した。

昌平橋に柳橋の船宿の屋根船を待たせていた嘉兵衛は、善次郎だけを乗船させて対面した。

「小此木様、おかげ様でこの数年越後屋に降りかかっていた難儀が解決を見ました」

「それはようございました」

「この数月、あれこれと大番頭の孫太夫が先代嘉兵衛、と申すより私の父親の行状を改めて調べ直し、後々差し障りが出そうな件にはひとつずつ丁寧に話をつけましてございます。なにしろ先代は遊び人でございましたゆえ、あれこれとございました。おかげ様で、過日、小此木様がうちへお返しになられた六百両を充《あ》て、始末をつけました」

「おお、あの金子をさようなことに使われましたか」

はい、と頷いた嘉兵衛が、

「本日は、越後屋の墓参りに付き合っていただきとうございます」

「おお、墓参りですか。して墓所はどちらに」

「柳橋の対岸に回向院《えこういん》なる寺があるのをご承知ですかな」

「いえ、川向こうには未だ縁がありませんな」

「うちの墓所は、昔こちらがわ、江戸城のあるほうにあったそうな。ところが明《めい》暦《れき》の大火にて焼失しましてな、うちの菩提寺は川向こうの回向院に変わりましてございます。ゆえに神田明神門前の越後屋の墓所は回向院です」

明暦の大火があったのは明暦三年（一六五七）のことだ。

屋根船はいつしか神田川の最も下流に架かる柳橋を潜って大川に出た。

「右手に見えるのが両国橋ですよ。私どもは流れを突っ切り、両国東広小路《ひろこうじ》の北に口を開けた駒留橋《こまどめばし》を潜って東に向かうと、回向院の門前に到着します」

船頭ふたりは見事な腕で南本所元町《もとまち》の船着場に舟を舫《もや》った。

屋根船を下りた嘉兵衛は竹籠を手にしていた。

米問屋越後屋の墓は回向院の明暦の大火の被災者の合同の埋葬供養塔ではなく、回向院の一角に独立していくつかあった。

善次郎が想像していた墓よりも小ぶりのもので、そのひとつの前に嘉兵衛はしゃがんだ。

「小此木様、先代の嘉兵衛はこの墓に埋葬されています。そこでな、例の一口長屋の譲渡状をこの墓所の前で、小此木様に立ち会ってもらって焼こうと考えました」

と手にしていた竹籠から譲渡状を出し、火打石を使うと蠟燭に火を点して、

「親父、おまえ様の不始末をよく見ろよ」

と墓に話しかけた嘉兵衛が火を点した。

善次郎は燃える書付をただ眺めた。最後に端っこを握った嘉兵衛が、

「親父が書いた譲渡状が消えたのを見ましたな。おまえさんの実子の次郎助がそちらに参っておりましょう。ただ今、次郎助も親父と同じ墓に埋葬したことにし

ますからな」

と言いながら燃え尽きた書付を墓石に捧げるように置くと手を合わせた。

善次郎も合掌すると、

(美濃者のそれがしだけがこの世に生き残ったわ)

と胸の中で呟いた。

屋根船に戻ると、どこから届いたか嘉兵衛と善次郎ふたりの膳が調《ととの》えられていて、酒も用意されていた。

「どこぞの料理茶屋に席を取ることも考えましたがな、小此木様一家との向後の長い付き合いを考えましてな、だれにも煩《わずら》わされず話ができる船上での宴にしました」

「なんぞ新たな厄介が生じましたかな」

「そうそう厄介に見舞われても困ります。いえね、向後のことを話し合うには、こうしてふたりだけのほうがよかろうと、簡素な膳を用意させましたので」

善次郎は、なんの話なのか思い当たらなかった。

「一口長屋が改めて、うちの持ちものと公に分かりましたで、私、ほっとしました。これで倅《せがれ》に引き継ぐことができます」

と言った九代目嘉兵衛には倅ふたりと娘がひとりいた。跡継ぎの十代目に渡せることに当代の嘉兵衛はほっと安堵した様子だった。

「ようございましたな。やはり一口長屋は米問屋の越後屋さんにとって大事な土地でしたか」

「そのことです。神田明神の宮司方とこの数月あまり相談を重ねてきました。

本来一口長屋をはじめ、明神下までの土地は神田明神の持ちものだったそうです。

それがどういう経緯か、はたまた、いつうちの持ちものになったのか判然とはしませんが、神田明神社の蔵の古文書にその旨が認められた一枚がございました。つまり元々一口長屋のある土地は神田明神の分地だったのです。ために景色のよい三百坪の広さを私どもは所有していたのです」

としばし間を置き、

「そのことを知ったただ今の神田明神の宮司方から神田明神に返してくれぬかとの申し出がありました。うちにとっても大事な土地です、それればかりはなんとかと抗《あらが》いましてな、うちの名義を守ることができました。かような土地ゆえ先代も一口と称する長屋を設けて信頼できる店子に住まいさせてきたのでしょう。ところがそのことを忘れて、助八のような無頼者を店子にしてしまいました。向後かようなことが万が一起きた折りには、必ず神田明神に返すと約して、差し当たってうちの名義を守ったところです」

「つまり一口長屋の建つ土地にはかつて神田明神の分社などがあり、祭神が鎮座していた厳《おごそ》かな場所であったということでしょうか」

「推量ですがさように考えられます。そこでご相談です」

「なんでござろう」

「あの土地に建つ一口長屋の守護人《しゅごびと》の役目に小此木様に就いてはいただけませんかな」

「うむ、すでに差配の義助どのがおられましょう」

「差配はたな賃の受け取りをはじめとした長屋の雑事をこなす役目です。小此木様一族にはあの土地の守護人として代々関わってほしいのです。むろんかような一件は、私と小此木様のふたりだけの黙約にございます」

「それがしにさようなことが務まりましょうかな」

「でな、この際、一口長屋を建て増しして、守護人小此木家の住まいを建てようと考えました」

と嘉兵衛が言い添えた。

「うーん」

と思わず応じて沈思した善次郎は、

「嘉兵衛どの、この一件、われら両人の内密の契約、ならば格別なことをなすことは避けたほうがよろしゅうござらぬか。われら一家三人、かの土地の守り人として一口長屋に密かに住まいさせてもらうほうが、だれにも怪しまれることはありますまい」

「なに、一戸建ての住まいは要らぬと申されますかな。芳之助さんが大きくなりますし、新たなお子の誕生もございましょう。あの土地の守護人が九尺二間ではな」

「その折りに考えればよきことです」

との善次郎の返答に頭を捻った嘉兵衛が、

「小此木様、格別にあの土地に家は要らぬと申されるならば、私にしばし考えさせてくだされ。ともかく、小此木善次郎様が一口長屋の土地の守護人となると、当然たな賃は無用、こちらからなにがしかのお守り代を支払わせてもらうことになりますぞ。このことは私一人《いちにん》の判断にお任せくだされ」

「なに、たな賃なしでわれら一家、一口長屋に住めますか。師走にきて助かります」

と言い切った。

と善次郎が応えると嘉兵衛が膳にあった銚子《ちょうし》を手に両人の盃《さかずき》を満たし、

「小此木善次郎様と越後屋九代目嘉兵衛の内々の黙約ですぞ」

と言い合った両人が誓いの酒を飲み干した。


善次郎が一口長屋に戻ったのは昼下がりの八つ半（午後三時）時分であった。

「おまえ様、幽霊坂の道場でなんぞございましたか」

と井戸端にいた女衆の中から佳世が立ち上がり、質した。

「おお、新たな門弟衆が何人か入門したせいであれこれと雑事を熟《こな》しておったわ。いささか遅くなり、昼餉は青柳先生のお住まいで馳走《ちそう》になった」

と善次郎は事実を隠してかように皆の前で答えていた。

「なに、幽霊坂に新たな門弟入門か。客分としてひと月の手当一両二分は安過ぎたな」

と差配の義助が顔を見せて質した。

「いや、それがし、好きな剣術の稽古をさせてもらうだけで手当など要らぬ。いつも言うが、差配のそなたと昌平橋の袂で出会い、運が向いたわ。礼を申そう」

と善次郎が改めて頭を下げた。

「おいおい、江戸の暮らしはそんないい加減な実入りでは成り立たぬぞ。たな賃の払いに困り、質屋に通うことになるぞ」

「義助どの、質屋に通おうにもわれら一家、質草ひとつ持たぬでな」

ううーん、と唸った義助の視線が刀に向けられた。

「そ、それは困るわ。浪々の身でも武家の矜持は保ちたいでな、わが一剣は質草にしてはならんぞ」

「だからよ、給金を取れるところからは一朱でも多く取り、支払いはできるだけ少なくする。たとえば、うちのたな賃は」

と言いかけた義助が、

「うちのたな賃は半年分の前払いが切れるわ。そろそろ支払ってくれぬか」

「おお、それは」

と応じた善次郎は、嘉兵衛との黙約をうっかり口にしかけて黙り込んだ。

「一口長屋で半年一両三分は安いのだぞ。二両にしておくのだったな」

と言い出した。

「それは困る。そうじゃ、それがし、なんとか越後屋の旦那どのに頭を下げてな、仕事払いにしてくれぬかと願ってみる」

「なに、差配のわっしを抜かして旦那に直談判か」

「義助どの、なんでも支払いは安くせよと、そなた言われなかったか」

「参ったな。まさかいきなりこっちにわっしの言葉が返ってくるとは思わなかったわ。まあ、旦那にいきなり話はできまいな。大番頭の孫太夫さんは厳しいぞ。『ならば、長屋から立ち退《の》かれよ』くらいのことは言われかねないぞ」

「なに、一口長屋を立ち退けと大番頭どのが申されるか。困ったな」

と困惑の体《てい》を見せた。

「ともかくよ、頭を下げてよ、なんでもいいから稼ぎ仕事を願え。それでよ、毎月のたな賃をちゃらにしてもらうんだよ」

「相分かった」

そんな問答を長屋の女衆が佳世を含めて聞いていた。

長屋に戻ったとき、佳世が、

「私ども、このお長屋を立ち退かねばならないことも考えられますか」

と案じた。

「佳世、それがしがこれから申すこと、だれにも告げてはならぬ。約束できるな」

「は、はい。なんでございましょう」

「それがし、本日帰宅が遅れたのは青柳道場の用ではない。嘉兵衛どのとふたりだけで会っておったのだ」

と前置きした善次郎が手短に経緯を告げた。

亭主の話を聞いた佳世は理解がつかないようで、しばし沈思していた。

「さようなことが真に」

「真も真、それがし、一口長屋の守護人として給金を頂戴することになるそうだ」

「驚きました」

「いいな、佳世。このこと他人には決して漏らしてはならぬぞ」

と改めて告げた。

二

小此木一家にとって初めての江戸の年の瀬だ。

大晦日《おおみそか》前日の未明から江戸に雪がちらついた。

江戸では、この日から大晦日にかけて借金取りが夜遅くまで取り立てに動いて、払えない一家はひっそりと長屋に隠れ潜んでいたり、年の瀬が過ぎるまで外をうろついていたりした。

幽霊坂の青柳道場では師走三十日が道場納めだ。

小此木善次郎は青柳道場の客分師範として指導料一両二分を頂戴し、神田明神門前の越後屋を訪ねると大番頭の孫太夫が、

「小此木様、九代目の主がそなたをお待ちですぞ」

と奥座敷に通ることを許した。

嘉兵衛は銭箱を傍らに置いて証文や書付を見ていたが、

「おお、参られましたか」

と直ぐに迎え入れてくれた。

「嘉兵衛どの、本年はえらくお世話になり申した。美濃から江戸に出てきて半年あまり、こちら様の親切になんとか暮らしが立つようになりました。お礼を申します」

「いえ、小此木様、私こそそなた様に一口長屋の守護人になっていただき、かように年の瀬をのうのうと無事に迎えることができました。来《きた》る新年もよろしくお願い申しますぞ」

と言った嘉兵衛が、

「こちらにな、来年一年分の一口長屋、つまりは米問屋越後屋の守護人の労賃、二十五両を用意してございます。お受け取りくだされ」

と包金ひとつを善次郎の膝の前に差し出した。

「な、なんと一口長屋にただな賃なしで住まわせてもらい、そのうえ、二十五両などとは法外にござる。嘉兵衛様、お考え直し願いとうござる」

と善次郎は包金を嘉兵衛の前に押し戻した。

「小此木様、私ども両人の過日来の誓約はこの程度の金子で済むものではございませんぞ。一口長屋の守護人は、越後屋にとっても守り神です。ともあれ、この包金をいったん小此木様の懐にお収めくだされ。文政九年が押しつまった師走、懐に余裕があるのは大切なことでしてな、気持ちに余裕が持てます。小此木様一家も来るべき年に新たな企てが思案できるというものです」

と言った。

「さように余裕がある年の暮れをそれがし、これまで経験したことがござらぬ。小此木善次郎、なんぞ来春はよきことがござろうか」

「ございます」

と嘉兵衛が言い切った。

「ふうっ」

と息をひとつ吐いた善次郎が包金を両手で押しいただき、顔の前まで差し上げて嘉兵衛に感謝した。そして、

「嘉兵衛どの、かような大金がうちにあるのはなんとも落ち着かぬ。本日は持ち帰ります。しかし正月が過ぎたらこちらで預かっていただけぬか」

と思わず漏らしていた。

ふっふっふふ
と笑い声を上げた嘉兵衛が、

「正月を過ぎて残っているようならば、小此木様がこれまで預けておられる二十

八両に加えますか。まあ、長屋に置いておくよりなにがしか利がつきます」

と言い、善次郎の願いを受け入れてくれた。

「小此木様、噂話ゆえ真剣にお聞きにならないでくだされよ」

話が終わったと思った善次郎は嘉兵衛を見直した。その口調が変わっていた。

「そなた様は、すでにご承知かもしれませんな」

「なんの話でござろうな」

「壱場裕次郎様の一件です」

「おお、壱場どのが青柳道場に戻ってまいられましたか」

「いえ、それならば毎日道場に通う小此木様がとっくにご承知でしょう。壱場様は、上野安中《こうずけあんなか》藩譜代大名家の重臣とお聞きしましたがな、下《しも》屋敷に腕の立つ剣術家を密かに集めておられるそうな」

「ほう、なんのためでござろうか」

善次郎の問いには即答せず、

「ご当人自らが剣術家たちと立ち合って、技量のたしかな三人ほどを雇われたとか」

「うーむ」

と応じた善次郎は越後屋嘉兵衛の言葉を吟味《ぎんみ》した。

(譜代大名の重臣の壱場どのがなぜかような企てをなすか)

「嘉兵衛様、だれぞを闇討ちになす所業を企てておられるということでござろうか。いや、大名家の重臣がそれはあり得ぬな」

と呟いた善次郎に、

「巷に流れてくる話では陰流苗木や居合術を知る剣術家を集めたそうですよ。となると、その相手はおひとりしかおりますまい。小此木善次郎様、そなた以外、考えられませんな」

と言い切った。

「浪々のそれがしを斃すと申されますか。この一件、大名家や公儀大目付《おおめつけ》が知れば壱場家のお取り潰しを命じませぬか。ご身分を捨てるお心算ですかな」

「壱場裕次郎様は、大名家に嫡子七歳の忠之丞《ただのじよう》様の相続願をすでに提出しておられるとか」

かように武家方との付き合いがある嘉兵衛が伝聞として言うとき、真実だということを善次郎は承知していたが、とても信じられなかった。

「呆れ申した。巷の噂は虚言ではござらぬか」

と念押しした。

嘉兵衛が首肯し、

「小此木様、私の裏稼業をご承知ですな。大名諸侯や大身旗本相手に金貸しをしておりますな。かような商いには奇妙な裏話までついてきますでな」

「それらが真実ばかりとは申せますまい」

「いかにもさよう」

と間を置いた嘉兵衛が、

「されどこの一件、間違いございません。と申すのも、うちの知り合いの金貸しに壱場家から借金二百両の申し入れがございましてな」

「なんということでござるか。その二百両はそれがしを討ち果たすための金子でしょうか」

はい、と即答した。

「壱場裕次郎様が小此木善次郎様の報復を企てた途端、大名家、大目付が動かれます。よしんば壱場様が小此木善次郎様を斃したとしても壱場家は取り潰し、ご当人の裕次郎様には切腹の沙汰が下りましょう」

とはっきりと言い切った。

ということは、越後屋嘉兵衛がこの一件に噛《か》んでいるということであろうか。善次郎は迷った。だが、曖昧な考えを口にすることはなかった。

「さて、小此木様、どうされますか」

しばし間を置いた善次郎が、

「年末年始の江戸を騒がすのは何人であれ許されますまい。それがし、いつもどおりの暮らしを致す所存」

と言った。

「それがよろしい」

と応じた嘉兵衛が、

「ならば年末年始、うちで働いてもらえますかな」

「おや、格別に年末年始は多忙でございますかな」

「はい。この江戸で一番人出があり、金が動くのが大晦日から新年にかけての神田明神でございますでな、うちにとっても用心するのは当然です」

「相分かりました」

越後屋の九代目嘉兵衛の言葉が壱場裕次郎の無法な戦いを阻止するための親切と汲《く》み取った善次郎は即答した。

この日、善次郎が一口長屋に戻ったのは六つの刻限だった。

「おや、意外と早かったな」

長屋のどぶ板の手入れをしていた差配の義助は、善次郎の訪問先を承知していたような口調だった。

「明日の大晦日は夜通し働くことになるかもしれぬ」

「おお、大晦日の越後屋は大金が動くからな。江戸の商人は大晦日を越えて正月元日まで働くのが習わしよ。お店にとって、正月は二日になってからのことだ」

「さよう嘉兵衛様より聞いた」

「直ぐにめしか」

「なんぞござるか」

「神田明神下の湯屋はよ、今日と明日は朝早くから夜遅くまで開いていらあ。さっぱりと今年一年の垢《あか》を落としに行かないか」

「おお、それはいいな。朝稽古で汗を掻いたままだ、井戸端で水を被るかと思っていたところだ」

「年の瀬だぞ、井戸端で水を被るなんて風邪をひくぞ」

と義助が言い、

「ならば、湯屋に行く仕度をしてまいる」

「木戸口で会おう」

善次郎は長屋に戻ると佳世が表の話を聞いていたか、着替えや手拭い、湯銭を用意していた。

「佳世、ここに包金二十五両がある。越後屋嘉兵衛どのから来年一年の働き賃を頂戴したのだ。湯屋に行くのに二十五両は厄介だ、預かってくれ」

と願うと佳世が啞然《あぜん》とした表情で善次郎を見た。そこで掻い摘んで話をした。

「なんということが。わが家に二十五両など初めてのことです、夢ではございませんか」

「おお、それがしもそう思い、嘉兵衛様にお考え直しを願ったが、いや、それだけの働きはしていると押し切られたのだ」

と言いながら佳世に脇差とともに包金を渡した。

「どうしましょう。急に不安になりました。湯屋から早く戻ってきてくだされ。明晩は徹宵《てつしょう》して越後屋さんに詰められる様子、今晩お酒の仕度をしておきます」

と貧乏徳利を見た。

「おお、それはうれしいのう」

破れ笠を被った善次郎は大刀だけ腰に残し、一応湯銭とは別に巾着を携えて木戸口に戻った。木戸にはだれが立てたか、御幣《ごへい》が飾られた青竹二本が見えた。一口長屋の正月飾りだろう。

「なんだ、今宵は脇差じゃねえのか。大刀なんぞ腰に差してよ、町内の湯屋に行くだけだぞ」

とこちらも古びた番傘を差した義助が言った。

「おお、慌ただしく湯に行く仕度をしていたら、大刀を摑んでいたわ」

と答えていた。

義助に真実を告げることは憚《はばか》られた。

ちらちらと雪が降る中、神田明神下の湯屋に行った。むろんふだんは六つ過ぎになんて湯屋は開いていない。大晦日の前日ということで特別だった。雪が降っていることもあって、男湯はそれなりに込んでいた。

かけ湯を使い、柘榴口《ざくろぐち》を潜って湯船に浸かったふたりは、

「文政九年も明日で終わりだぜ。小此木さんがよ、一口長屋に住んで半年か」

「おお、なんとのう、神田明神界隈に馴染んでまいったわ」

「来年、稼ぎ仕事があるといいな。長屋のたな賃の一件、大家の越後屋と話し合ったか」

「おお、越後屋の仕事の稼ぎでたな賃を相殺《そうさい》してくれるそうだ。助かったぞ」

「おまえさん、一口長屋に入った折りは半年分のたな賃を払ったが、所持金が一両三分と銭が少々だったたな。年の暮れだが、いくらか持ち金が増えたか」

と地声が大きな義助は湯屋の客が耳を澄ましている中、質した。

「おお、あのころよりいくらか余裕がござる」

と応じた善次郎を見た客のひとりが、

「一口長屋の差配さんよ、年の瀬の湯屋でよ、えらく内輪じみた話をしてやがるな。店子とはいえ相手はお侍さんだぜ、体面もあろうじゃないか」

と義助に忠言し、

「おお、棒手振《ぼてふ》りの留公《とめこう》か。なんぞ稼ぎ仕事があればよ、うちの店子の侍に教えてくんな。剣術の腕は立つがよ、銭を稼ぐのは下手なんだよ」

「ふーん、このご時世、剣術の腕なんて役に立たねえよな」

「ああ、一文の銭にもならねえや」

とふたりが勝手に言い合い、湯船の客全員が善次郎に同情の眼差しを向けた。

この湯船の客のだれひとり、米問屋にして金貸しの越後屋からこの侍が一年分二十五両を前払いで頂戴したことなど想像もできなかったろう。

(江戸は不思議な都だ)

とつくづく善次郎は思った。

この湯屋の客全員が剣術など江戸ではなんの役にも立たないと考えているだろうが、この半年で善次郎はなんと五十両余もの大金を稼いだのだ。

(こんなことがいつまで続くのだろうか)

昌平橋の袂で義助と出会ったことが運の向き始めたきっかけだった。ともかく、

「一口長屋で地道に暮らす」

ことを大事にしようと思った。

柘榴口からまた客が入ってきたのを見た義助と善次郎のふたりは早々に湯船から上がって新たな客と代わった。

「おい、まだ雪は降ってやがるか」

と義助が知り合いのひとりに訊いた。

「一口長屋の差配さんか、この分だと夜通し降ってよ、大晦日は真っ白な江戸が見られるぜ」

「なんとな、神田明神の初詣は雪景色か」

「寝正月かね」

と言い合い、上がり湯を使った義助が、

「小此木さんよ、こんな宵は熱燗《あつかん》で一杯やりたいよな。それが大雪だと」

「早々に長屋に戻るしかあるまい。せっかく体が温まったのにな」

と言い合ったふたりは急ぎ足で長屋に向かった。

「おお、下駄がよ、雪で滑りやがるぜ」

と番傘を差した義助が言ったとき、善次郎は殺気を感じていた。

(まさか壱場裕次郎ではあるまいな)

降りしきる雪の中で斬り合いは難儀だと思った。だが、義助はなにも感じないのか、

「くそっ、湯上がりの体が冷え切るぜ」

とぼやいている。

善次郎は大刀の柄に左手をかけた。

懐には両手を使えるように、着替えた下着や手拭いが突っ込んであった。

義助がいっしょなのが斬り合いには厄介だ。なんとしても怪我をさせてはなら

ないと思った。

背後から殺気が迫り、善次郎は手にした破れ笠を雪の上にいつ脱ぎ捨てるか、思案していた。そのとき、

「そば、夜鷹《よたか》そば」

と夜鷹そば屋の売り声が響いて、ふたりの前方から姿を見せた。すると背後に感じていた殺気がすうっ、と消えた。

「義助どの、江戸の夜鷹そば屋は酒も供すると青柳道場で聞いたがたしかかな」

「おお、飲ませるぜ」

「それがしに付き合わぬか」

「なにっ、湯屋帰りに雪の中、夜鷹そば屋で酒を飲もうってか」

「嫌かな。ならばよそうか。なんとなく初めてのことがしたかっただけだ」

「驚いたな」

と言った義助が夜鷹そば屋を手招きして、酒を頼んだ。

「おお、一口長屋の差配さんかえ。体があったまるかけそばは要らねえか」

「要らねえや。この侍がよ、気まぐれに湯屋帰りの酒を飲みたいと抜かしたのよ。一杯ずつ、きゅっとひっかけたら長屋に戻るからよ」

と言った義助が、

「小此木さんよ、銭は持っているんだろうな」

と確かめた。

「おお、義助どののおかげでかように暮らしが立ったゆえ、なにがしか巾着の中に入っておるわ。これでどうだ。釣りは要らぬ」

と一朱をそば屋に渡した。

言葉をなくした義助が黙って善次郎を見た。

そば猪口に七分どおり注がれた酒をふたりに供したそば屋が、

「お侍、本気か」

「小此木さんよ、今晩どうかしたんじゃないか。夜鷹そば屋でよ、酒二杯に一朱か、飲む前から酔っぱらったか」

「おお、義助どのには世話になりっぱなし、なんの礼もしておらんでな」

と言った善次郎を義助が訝しい顔で見て、夜鷹そば屋が急いで一朱を手元に引き寄せた。

三

ふたりは一口長屋に帰ったわけではなかった。

雪が降りしきる神田明神の社殿前にいた。

もはや義助はひと言も口を利かなかった。ただ善次郎の様子がただ事ではないと推量していた。一方、善次郎は殺気の主たちを一口長屋に連れ戻るのだけは避けたかった。そのことを義助には告げていない。

神田明神の境内は真っ白に雪が積もっていた。

社殿前で懐にしまい込んだ着替えの下着の間に突っ込んでいた右手を出して両手を合わせ拝礼した。そんな様子を義助が見ていた。

「致し方なき仕儀、神田明神の祭神様、お許しあれ」

と呟いた善次郎が振り返った。

真っ白に積もった雪の境内に三人の黒い人影があり、さらに奥に綿入れの黒羽織を着込んだ武家がひとり傘を差して控えていた。むろん四人ともに喧嘩仕度だ。

未だそのことに気づいていない義助がのろのろと振り返りながら、

「これでよ、江戸総鎮守の明神様にも拝礼したんだ、長屋に戻るよな」

と言いかけて異変に気づき、息を呑んだ。

「そなたを立ち会わせたくなかった」

と呟いた善次郎に、

「小此木善次郎じゃな」

と念押ししたのは三人の剣術家のひとりだ。

「いかにもさよう」

と答えた善次郎が、

「義助どの、社殿の軒下に下がっておられよ」

と命じた。

「おめえさんの最前からの妙な振る舞いは、こやつらがいたからか」

「神田明神を穢したくはなかったが致し方なかった」

「だれだえ、こやつら」

「義助どのも承知の御仁が三人の背後に控えてござる」

「なにっ、壱場裕次郎か」

「いかにもさよう」

と義助に応じた善次郎が社殿前から霏々《ひひ》として雪の降る参道へと出ていった。

「三人に申しておこう。それがし、そなたらと刀を抜き合わせる理由はいささかもござらぬ。どうだ、神田明神の祭神がわれらの問答をお聞き及びだ。この足で境内から立ち去らぬか。どこぞの大名諸侯の家臣風情に義理立てすることもあるまい」

との善次郎の言葉に、

「われら、浪々の剣術家にも約定を守る矜持がござってな」

と善次郎の正体を念押しした声が応じた。

頭分らしき言葉に陣笠を被ったふたりが刀を抜いた。

「陰流苗木とやらを見てみようか」

三人の頭分と思しき剣術家が善次郎との間合いを詰めながら悠然と刀を抜いた。

背後で義助が社殿の軒下に下がった気配を感じた善次郎は、相模国鎌倉住長谷部國重二尺三寸五分をそろりと抜いて、未だ無言の壱場裕次郎を眺めた。

三人の剣術家になにを託したか、沈黙を守っていた。

「人の命を金子で買うや」

と言い放った善次郎が、

「参る」

と眼前の三人の剣術家に言いかけ、さっささ、と雪を踏みしめて一気に間合いを詰めた。

中央の頭分を除く左右のふたりは八双と下段《げだん》の構えに移した。が、頭分は正眼の構えのままだ。

善次郎も正眼の構えで最後の間合いを詰めた。

左右のふたりより半歩前に生死の境に踏み込んだ頭分が、

「きえぇぃ」

と気合を発すると善次郎に突っ込んできた。

善次郎は相手の太刀筋がどう変化するかなど思案しなかった。ただ正眼の構えのまま相手の首筋に落とした。相手もまた正眼の構えをそのままに善次郎の喉元に突き出してきた。

切っ先と切っ先が触れ合うことなく互いの首筋と喉元に襲いかかった。

その瞬間、相手の切っ先が喉元に触れるのを感じながら善次郎は、すっ、と両腕を伸ばしていた。

善次郎の國重の切っ先が寸毫速く首筋を襲い、

「うっ」

と相手が竦んだ。

善次郎が立ち竦む頭分に向かって跳び、襟を摑んで引き倒した。

頭分の右手側から善次郎の下半身を地擦《じず》りから斬り上げんとした剣術家の前に、頭分が蹌れ込んできた。

それが斬り上げを邪魔した。

善次郎はさらに左手に跳んでいた。

八双に構えられた剣が動く前に善次郎の國重がふたり目の首筋を捉えていた。

善次郎の動きが止まった。

頭分の蹌れ込みに善次郎への攻めを邪魔された右手の相手はいったん間合いを外した。そして、ふたたび地擦りから斬り上げようと構えた相手に善次郎は向き合うと、

「そなた、もはやそれがしと戦う理由はなし。地擦りを躊躇《ちゆうちよ》した瞬間、勝敗は決しておった。これ以上、斬り合っても意味はなし」

と宣告した。

その者が雪の境内に蹌れ込む仲間ふたりに視線をやった。そして善次郎に眼を

戻すと、戦いの場から離れて降りしきる雪に紛れて消えた。

善次郎は國重の血振りをすると鞘に納め、戦いの経緯を凝視していた壱場裕次郎に向かい、歩を詰めた。

「借財は無益であったな」

と剣術家を雇ったことにあえて触れた。

無言のまま、裕次郎は雪に塗《まみ》れた羽織を脱ぎ捨てた。

「そなた、幽霊坂の青柳七兵衛先生のもとへ戻るべきであったわ。もはやそなたが行くべき地はひとつしか残されておらぬ」

善次郎の言葉に壱場裕次郎は無言を貫いた。

「壱場どの、それがしの剣術は美濃の苗木に伝わってきた在所流田舎剣法、陰流苗木よ。どのような真似でも致す。そなたが青柳先生のもとで学んだ神道流、それがしにとって剣術の王道、羨《うらや》ましきほど格式が高い剣術にござった。ただ今の壱場裕次郎の剣術、拝見致そうか」

善次郎が連ねる言葉を聞き流していた壱場裕次郎が思わず、

「痴《し》れ者め」

と漏らした。

善次郎は、破れ笠で雪を避け切れなかった、瞼《まぶた》に積もった雪を手で払った。

壱場裕次郎が羽織を脱ぎ捨て、善次郎に向かって間合いを詰めてきた。

それを見た善次郎は足元に横たわり、雪に塗れたふたりの剣術家に片手拝みをなして別れの挨拶を告げると、歩み寄る壱場裕次郎に向かい、間合いを詰めた。

両人が真っ白に積もった雪の原で向き合うのを義助は、寒さに震えるのも忘れて凝視していた。

(わっしが昌平坂の袂で会った小此木善次郎は化け物か)

正直そう思った。

両人の刀は鞘にあることを義助は認めていた。

一間の間合いで向き合った両人はしばし互いの顔を正視した。

義助に背中を向けた善次郎の表情は見えなかった。

一方壱場裕次郎の顔は見えた。なにを考えているのか、

(不安か、恐怖か。いや、善次郎への怒り)

だと思った。

壱場裕次郎が柄袋を外して投げ捨てると刃をゆっくりと抜いた。

善次郎の背中は微動だにしなかった。

壱場裕次郎が刀を抜き、正眼に構えたのを義助は見た。

両人が見合った。

善次郎の背は動かない。

正眼から高々と上段に移した壱場裕次郎が善次郎に向かって踏み込んできた。

善次郎は動かない。

(動け、死ぬぞ)

と胸のうちで義助は叫んでいた。

その直後、善次郎の体が沈んだ。同時に鞘に納まっていた剣が迅速に抜き放たれて光になり、円弧《えんこ》を描いた。

同時に上段の刃が降りしきる雪を分けて善次郎の脳天に落ちてきた。

「ああー」

と義助は声を出した。

次の瞬間、押し潰されるように脳天を割られる善次郎の姿が義助の脳裏に浮かんだ。

咄嗟に眼を閉じていた。

一瞬裡だ。

眼を開けた途端、刀を構えた壱場裕次郎が立ち竦み、その胴を善次郎の刃が深々となで斬り、雪の上に血を散らしていた。

(なんてこった)

決死の戦いは寸毫の間に終わった。

雪の境内にしゃがんでいた善次郎がゆっくりと立ち上がり、刃を振って鞘に納めながら、

「夢想流抜刀技、一ノ太刀雪散らし」

と呟いた。


ふたりは明け方に一口長屋に疲れ切った表情で戻った。だが、差配の義助はしっかりと懐を押さえていた。

戦いが終わったとき、

「骸《むくろ》三つ、どうするよ。壱場裕次郎はどこぞの譜代大名家の重臣と聞いたぜ。公になると厄介だぜ」

「どうしたものか」

としばし思案した善次郎は、

「義助どの、これは米問屋越後屋に後始末を願うしかあるまい。すまぬが仔細《しさい》を告げてくれぬか」

「えっ、大家にか。もうすぐ大晦日だという深夜にこんな願いをして、わっし、差配を辞めさせられないか」

「いや、それはあるまい。それがしが関わった難儀、そなたは偶さか見物する羽目になっただけだ」

「だけど、この真剣勝負に立ち会っていたんだぜ」

「いかにもさよう。されど巻き込まれただけじゃ。それがしが説明できればいいが、この三つの亡骸をこの場に放置しておくわけにもいくまい。それがしがこの場で見張っておるでな」

と言われて義助が致し方なく神田明神門前の米問屋越後屋に駆けつけた。だが、一刻が過ぎても義助は戻ってくる様子はなかった。

雪は相変わらず降り続いていた。

独りになった善次郎は、三つの亡骸を山門の横手にある植え込みへと運び込み、まず壱場裕次郎の持ちものを調べた。

すると壱場裕次郎は、上野安中藩三万石譜代大名板倉《いたくら》家の御番衆の家系ということが改めて確かめられた。予測されたようにそれなりの身分だった。また用心棒侍を雇った経緯を克明《こくめい》に認めた書付を持参していた。金子は八両ほどを財布に所持していた。

善次郎は、ふたりの用心棒侍の持ちものや金子、手形などをやはり骸の懐から回収した。用心棒ふたりが三両ずつしか携えてないのは、善次郎の始末代は、すでに家族か仲間に渡したのではないかと推量された。

八つ（午前二時）と思しき刻限、義助の案内で大八車を引いた越後屋の若手の番頭と手代のふたりが姿を見せて、三人の骸を載せてどこへともなく無言で立ち去った。

「なにか伝言はござるかな、義助どの」

「大番頭の孫太夫さんがよ、おまえさんに伝えてくれだと」

「なんであろうな」

善次郎には予測がついた。

「こたびの始末、小此木さんにとってよ、高くつくそうだぜ」

「それがし、分限者ではござらぬ。支払おうにも金子はござらぬ」

「それは孫太夫さんも承知だよ。越後屋の裏商いを小此木さんに頼む折りにさ、命を張った代金を厳しくしようって話だよ。十両の折り、三両しか払わぬとかよ」

「まあ、大番頭の孫太夫どのならばさようなことは容易に思いつかれような」

と善次郎は義助の考えに得心した。

「小此木さんよ、壱場裕次郎の身許を承知かえ」

と義助が話柄を変えた。

「上野安中藩三万石譜代大名の御番衆の家系ではないか」

「ほう、やはり承知か」

「壱場どのの持ちものを調べたでな、金子は用心棒ふたりと含めて十四両あまり持参しておった。どうしたものかのう、この金子」

「越後屋に三人の始末料として渡そうか」

「それもひとつの手だな。とは申せ、すでに越後屋は三人の骸の始末に手をつけておるな。さような相手に今さら金子を渡すのも無駄なような気が致す」

「なによりおれたちと違い、越後屋は金持ちだもんな」

「どうだ、差配のそなたが携えておらぬか。一口長屋には諸々費えが生じよう。その折りの払いに充てることにしたらどうだな」

「なに、差配のおれの判断で使ってよい十四両にするってか」

「使い道が思いつかぬか」

しばし沈思していた義助が、ある、と言った。

「一口長屋は三百坪と敷地が広いよな。木戸口に紅葉の老木があり、井戸端のところには銀杏の大木など何本か大きな木があるな。おれが知るかぎり一度として植木屋が入ったことがねえから、枝が伸び放題でよ、かたちが悪いんだよ。植木屋を呼んで手入れさせたい」

「さような費えは越後屋が支払ってくれぬのか」

「何年も前、孫太夫さんに言ったら、長屋の植木を剪定《せんてい》させるだと、と怒鳴られたことがあらあ。越後屋の中庭の植木はきれいに剪定されているのによ。あれほどではなくてもよ、伸び放題の紅葉は、一年に一度くらい植木屋を入れたいな」

「おお、悪くない考えであるな」

「それとよ、一口長屋は崖にあるだろ、だからしっかりとした竹の柵に代えてよ、おみのやかずたちが崖下に落ちないようにしたいな。そのうち芳之助ちゃんが歩くようになったら、男の子だ、転がり落ちるぜ。もっともこっちはよ、竹さえ買ってくれれば長屋の住人でできないことはないか」

「義助どの、そちらも悪い考えではないな、第一、一口長屋の住人に植木職人がいるではないか。登どのが暇の折りに指図をしてもらえぬか」

「おお、登のことをころりと忘れていた。植木は登に頼むとして、長屋の住人で竹垣を造り直そうか」

と話が纏まった。

「ならば十四両と小銭入りの巾着をそなたに渡しておこう」

と善次郎と義助は壱場裕次郎ら三人の持ち金の使い道を勝手に考えた。

明け方に戻った善次郎と義助は、もはや大晦日で今年の仕事を終えた植木職人の登を誘い、朝湯に行くことにした。

「おや、差配もお侍もよ、徹夜仕事か」

「まあ、そんなとこだ。登さんよ、おまえさんに相談があらあ。昨夜の仕事でよ、十四両の荒稼ぎがあったのよ。その使い道をな」

と義助が前置きして湯屋に着く前に掻い摘んで話を聞かせた。むろん善次郎が壱場裕次郎ら三人と戦い、斃したことを義助は告げなかった。

だが、登は義助の説明になにも答えず朝湯に入った折りに、

「おい、差配の義助さんよ、十四両もの大金か」

と善次郎を見た。

この稼ぎは新入りの侍の仕事の稼ぎと登は察していた。

「それにしても偶にはいいこと考えるな、差配さんよ。長屋の敷地の植木の剪定も竹垣直しも悪くねえ話だ。おれがやれることをなんでもやらしてもらうぜ」

と返事をして、正月明けから一口長屋の敷地の剪定と新たな竹垣造りを始めることが決まった。

「うん、なんともな、大晦日らしいいい話だぜ」

と登の感想に善次郎も義助も大いに頷いた。

四

小此木善次郎は朝湯のあと、長屋に戻り、佳世が仕度していた朝餉を食して床に就いた。そんな善次郎に芳之助が遊びたいのか、すがりついてきたが、

「父上は夜じゅうお働きになったのです。少し寝ていただきましょう」

と抱き上げた。

「芳之助、父が起きたら、みなで神田明神にお詣りに行こうぞ」

と約束して眼を閉じた途端、眠りに落ちていた。

どれほどの間眠っていたか。

目覚めてみると、長屋には善次郎ひとりが寝ていて、九尺二間の長屋の台所に鏡餅が飾られ、荒神《こうじん》様にも清々《すがすが》しい榊《さかき》が上げられていた。鏡餅は、数日前、長屋じゅうの住人が集まり餅つきしたものだ。

井戸端から女衆の声に交じっておみのやかず、芳之助の甲高い笑い声が聞こえてきた。

善次郎は寝床を畳むと部屋の隅に片づけた。そして、なんとなく狭い長屋を見回した。

二年半前まで美濃苗木藩の徒士であった小此木一家の江戸の「住まい」だ。雨露を凌《しの》げるだけでもよしと考えねばなるまいな、と思った。寝床の枕元に置かれていた大小を夜具の上に置いた。

「せめて刀掛けが欲しいな」

と善次郎は願った。

浪々の身とはいえ、武士であることに拘りたかったのだ。

そんなことを思いつつふだん着のまま眠り込んだなりを一応整えると、手拭いを手に腰高障子を開けた。すると長屋の住人の大半が井戸端に集まり、女衆は年越しそばの仕度をしていた。

雪は降り止んでいたが一口長屋の敷地に二寸（約六センチ）ほど積もっていた。

「ご一統、大晦日というにそれがしだけが遅くまで眠り込んでいたようだ。申し訳ない」

と詫びると、屋根葺き職人の八五郎が、

「登に聞いたぜ、お侍さんさ、年の瀬に十四両も荒稼ぎをしたらしいな。その金を一口長屋のために使うってな。夜通し長屋のために働いたんだ、体を休めるのは当然よ」

「おお、聞かれたか。八五郎どの、ちと頼みがある」

「なんだよ」

「後々その金子についてどのように噂話が広がるか、いささか気がかりじゃ。話はこの長屋だけのことに留《とど》めてくれぬか」

「ああ、分かった。とくによ、大家の越後屋の耳に入るのは厄介だよな」

八五郎は善次郎が越後屋の仕事の稼ぎをピンハネしたとでも推量したか、そう応じた。

「いいな、長屋だけの秘密だぞ、八五郎」

と言いながら差配の義助が姿を見せて、十四両の入った巾着をぽんぽんと叩いた。

「この話、ほんとうらしいな、登よ」

八五郎が職人仲間に念押しした。

どうやら善次郎の言葉を登も八五郎も半信半疑に受け止めていたらしく、完全に信じていたわけではなかったのだ。

「差配さんよ、年の瀬に大金を懐に持ち歩いて大丈夫か。借金取りによ、その金子で払ったりしねえか」

「八五郎、おまえんちじゃねえや。うちじゃ、払うもんはすでに支払っていらあ」

「さすがに差配さんだな。ならば大晦日の神田明神の人出に泡食ってよ、賽銭箱に放り込んだりしねえか」

と登が義助に言い放った。

「いや、それより差配さんはよ、池之端の飯売《めしうり》旅籠なんぞに十四両握って飛び込まないか」

「八五郎、おまえじゃないよ。あれこれと案ずるな」

と言った義助が、

「ただな、持ち慣れねえ小判なんぞを懐に入れているとよ、腹が冷えていけねえや。最前から何べんもな、厠に行っていらあ」

と言い訳して、

「おっ母、こいつを年明けまで預かってくんないか」

と吉に巾着を差し出した。

「分かったよ、おまえさんに限らず男衆は信頼ならないからね。私が預かるよ」

十四両余り入った巾着が長屋じゅうの住人の前で義助から女房の吉に渡った。

「さあてと、年のうちに一口長屋でなすことはないか」

と差配が住人を見回した。

「門松とはいかねえが青竹二本、木戸口に立てたよな。あとは神田明神に早めの初詣を済ませれば、文政九年は店仕舞いよ」

と登が言った。

一口長屋の男衆の習わしは初詣を年の瀬に済ますことだった。年越しすると大

勢の初詣客が坂の途中にある長屋の敷地に入り込んできた。そこで長屋の住人は、

「ここは一口長屋の木戸口ですよ。神田明神には坂道をどんどん上がってくださいな」

と注意するのだ。

木戸口に人影が立った。

善次郎が見ると越後屋のお仕着せを身につけた手代だった。

「おお、和吉《かずきち》さん、どうしたえ」

「旦那様が小此木様をお呼びです」

との和吉の返答に義助が善次郎を見た。

「なんの用事かのう。年内仕事はせずともよいとのことだったが」

「和吉さん、差配のおれにはお呼びはかからないか」

「義助さん、小此木善次郎様おひとりの呼び出しです」

「手代どの、仕度を致す。お待ちくだされ」

と願うと善次郎は長屋に戻り、正月用に佳世が古着屋から買い求めた小袖の着流しに羽織を重ねて脇差を差し落とし、長谷部國重を手にした。振り向くと土間に義助ひとりがいた。

「昨晩のことか」

「あるいは新たな仕事か。ともあれ出向いてまいる。できることなれば晦日のうちに一口長屋に戻りたいな」

「ああ、どんなことだろうと、越後屋には十四両のことは知らぬふりを押し通してくれ」

と真剣な顔で願った。

「承知仕《つかまつ》った」


越後屋では大番頭の孫太夫が鏡餅の飾られた帳場格子から善次郎を迎え、

「奥座敷に通ってくだされ」

と願った。

中庭にはいい塩梅《あんばい》に雪が残り、美しい景色を見せていた。

(もうこれ以上雪が降らなければいいがな)

と考えながら足を止めた。

「小此木様ですな、どうぞ座敷にお入りくだされ」

と声がしたので、

「お邪魔致す」

と応じ、障子を開けて火鉢の薬缶《やかん》が勢いよく湯気を吹く座敷に通った。

越後屋の九代目嘉兵衛の仕事部屋はさっぱりと片づけられ、ここにも鏡餅と梅の花が飾られていた。

「嘉兵衛どの、先夜は三体の骸を始末していただき、未だお礼も申し上げておりません。助かりました」

「小此木様、師走にきて多忙ですな」

と応じた嘉兵衛に、

「なんぞ御用が生じましたかな」

「いえ、さようなわけではございませんよ。今年は小此木様にあれこれと世話になりましたでな、最後にお礼というかお話がしとうございました」

と応じた嘉兵衛が薬缶を摑み、茶をゆったりとした仕草で淹《い》れた。そして、小ぶりの茶碗を茶托《ちゃたく》に載せて善次郎と自分に供した。

「これはまた主どの自ら恐縮な」

「表はどうですな」

「神田明神にはぼちぼち人が集まり、そんな間を借金取りが慌ただしく歩き回っておりますな。それがしには、江戸での初めての年の瀬でござる」

「百八つの煩悩《ぼんのう》の鐘が響くころには神田明神は立錐《りっすい》の余地もないほどの初詣客で賑わいますぞ」

「想像するだに恐ろしい光景ではござらぬか」

「幼いころから見慣れた私らには人出は新春の景気を占う徴《しるし》のようなものでしてな」

と応じた嘉兵衛は自分が淹れた茶をゆっくりと喫した。

善次郎も見習って温《ぬる》めに淹れられた茶を口にして、

(来年がよい年でありますように)

と祈願した。

「穏やかな年になるとようございますな」

と漏らした嘉兵衛に、

「旦那どの、なんぞお話があるのではございませぬか。それとも掛け取りに供をせよと申されますか」

「大晦日も半日を過ぎました。もはや掛け取りには参りません」

「ならばなんぞそれがしに話がござろうか」

「はい、ございます。ただし、この一件、今日明日の急ぎではございませんでな。長年、解けない謎のことです」

と嘉兵衛が茶碗を茶托に戻すと善次郎を見た。

「長年、解けない謎、ですか」

善次郎の念押しにしばし間を置いた嘉兵衛が、

「越後屋の主に就いて十五年が過ぎました。先代が先代でしたで、私、二十歳《はたち》で九代目になりました。表稼業の米問屋、裏稼業の金子の融通、ふたつの仕事に慣れたのはほんの二、三年前でしょうかな」

「ふたつの稼業のすべてを覚えられるのに十年以上の歳月ですか」

善次郎は嘉兵衛の話が察せられないゆえ、相手の話を繰り返していた。

「この数年、大晦日のこの刻限、いつもは大番頭の孫太夫と同じ問答を繰り返してきました。本年は孫太夫の考えで、小此木様がその話し相手になりました」

「なんとも恐縮至極です」

「小此木様は美濃苗木藩なる大名家の代官を務めながら陰流苗木の剣術と夢想流抜刀技の師範を務めてこられましたな」

「いかにもさようでござる」

「忌憚なく申せば在所から江戸に出てこられたお方が半年あまりでこの江戸に慣れ、うちの商いまで悟られた。いえね、江戸には何十万人もの勤番侍衆や公儀の直参旗本衆がおられましょう。そんなお方の中に、うちのふたつの商いを自ら体験される武家方はまずおられません。小此木様の勘は稀有と申してよい」

「越後屋の旦那どの、年の瀬に在所者のそれがしを褒め殺しにしたところで、なんの役にも立ちますまい」

と善次郎が抗うと嘉兵衛が微笑み、

「小此木様もご自分のこととなると、その才にお気づきになりませんか」

と言った。

そして、茶碗に残っていた茶を喫し終えると、

「小此木様、越後屋に長年、解けない謎があることを察しておられますな」

と言い切った。

「もしや、わが住まい、一口長屋のことではござらぬか」

「いかにもさよう、一口長屋の秘密です。過日、小此木様は、わが先代が異母弟に残した『一口長屋譲渡状』と六百両をかけ金にして、命がけの立ち合いをなされましたな」

善次郎は小さく頷いた。

「かつて神田明神の持ちものだった一口長屋がなぜうちの持ちものになったのか、三百坪の敷地に一軒だけ建つ長屋になぜ六百両もの価値があるのか、この謎を小此木様、お解きになりませぬか。孫太夫とも話し合いましたが、この謎が解けるお方がいるとしたら、小此木善次郎おひとりだと私たち主従、考えが一致しました」

善次郎は嘉兵衛の顔を正視した。

「本日こちらに呼ばれて、なんとも迂遠《うえん》な話をお聞きすることになりましたが、それがしに一口長屋の謎解きをせよと命じられますか」

「はい」

「越後屋の旦那どの、長年解けない謎は、謎のまま置いておくのも知恵と思われまする。その謎を解こうなどと考えられると厄介が越後屋さんに降りかかりませぬか」

「ほれな、私よりも十歳近く若い小此木様のお考えは、孫太夫や私より老成《ろうせい》しておりますな」

と嘉兵衛が言い切った。

「越後屋様、事と次第によっては一口長屋を失うことになるやもしれませんぞ。むろんなんの証しもありませんがな」

「そのことも孫太夫と話し合いました。ですが、私どもは真実を知ることも私どもの性《さが》ではないか、という考えを選んだのです」

「それがし、一口長屋に住まいさせてもらい、半年に過ぎません。このままあの長屋の住人であればどれほど幸せかと思います。嘉兵衛どのはさような考えに至りませんかな」

と善次郎が重ねて質した。

嘉兵衛が顔を横に振り、

「その点がどうして小此木様とはっきりと異なるのか」

と漏らした。

長いこと沈思した嘉兵衛が、

「ひょっとしたら、小此木様の勘というか、危機に対する思案が鋭《するど》いゆえでしょうかな。となれば小此木様の推量が当たり、うちに危難が降りかかるやもしれません。それはそれとして対処致しませぬか」

と嘉兵衛は善次郎がその折り力を貸すことを前提に言った。

「ふうっ」

と息をひとつ吐いた善次郎は、いまの段階では曖昧過ぎる、

「一口長屋の謎解き」

について沈思した。

もしこの一件が善次郎自らに降りかかったものならば、必ずや己の気性からいって、謎解きに立ち向かうと思った。しかしまだ他人事に思えた。そして依頼してきたのはただの老舗の米問屋ではない。武家方に金銭を融通する越後屋の一件は大きな面倒ごとにつながるかもしれない。それゆえ躊躇していた。そう善次郎は思案したのだが、

「嘉兵衛どの、この謎解き、容易く目処が立つ話ではあるまい。長い歳月がかかるやもしれぬが、それでもよろしいか」

と問い質した。

「むろんです。越後屋にとって悪しき話であれ、良き話であれ、謎の答えが欲しゅうございます。

小此木様、そなた様はすでに越後屋と一口長屋の守護人ですでな、この一件も守護人の務めの範疇《はんちゅう》です。格別に費えがかかるようなれば、いつなりとも仰っ

てくだされ。それなりの金子は即座に用立てます」

と言い切った。

もはや善次郎がこの一件に抗う術はなかった。

「相分かった。しばらくどこから手をつけるか、思案させてくれぬか」

首肯した嘉兵衛が、

「念押しの要はございますまいが、越後屋嘉兵衛に命じられてのことと、世間には知られたくございません。このことを承知の者は私どもふたりと、大番頭の孫太夫の三人だけです」

「承知仕った」


「おい、なんだったな。越後屋の呼び出し、昨晩の一件と関わりあるまいな。まさかあの十四両をこちらに渡せなんていう話ではないよな」

一口長屋の木戸口に傘を差して待ち受けていた差配の義助が案じ顔で質した。

ふたたび雪がちらちらと降り始めていた。

「心配めさるな、差配どの」

「ならばなんだよ」

「来春の取り立てについてのことでな。春先に三軒ほどの相手先に同道を命じられたのだ」

「なんだ、借財の取り立てか。なにがしか稼ぎになろうな」

「ああ、厄介な取り立て先に同道した場合は、なにがしか礼金が出るそうだ」

「一件いくらだよ」

「それは申されなかったな。ただ私に任せよと一語だけだ」

「相変わらず渋いな」

と言った義助が、

「この雪はよ、正月元日まで残るぜ。どうしたものか」

「いったん長屋に戻り、年越しそばを食したあと、雪模様と相談致そうか」

「新入りの店子一家はうちの長屋に厄介ばかりかけておらぬか」

「大晦日の雪までそれがしの責めでござるか」

「おお、それよ。これ以上一口長屋に難儀をかけないでくんな」

「義助どの、畏まって候」

と答えた善次郎は、

(一口長屋がそれがしに難儀をかけておるのだがな)

と雪が積もったどぶ板を踏んでわが長屋に向かった。そして、
(文政九年もあと二刻あまりか)
と小此木善次郎は思った。

光文社文庫

文庫書下ろし／長編時代小説

陰《かげ》流《りゅう》苗《なえ》木《き》　芋洗《いもあらい》河《か》岸《し》(1)

著者　佐《さ》伯《えき》泰《やす》英《ひで》

2024年1月20日　初版1刷発行
2024年3月25日　2刷発行

発行者　三宅貴久
印刷　萩原印刷
製本　ナショナル製本

発行所　株式会社　光文社
〒112-8011　東京都文京区音羽1-16-6
電話（03）5395-8147　編集部
8116　書籍販売部
8125　業務部

ISBN978-4-334-10183-1　Printed in Japan

組版　萩原印刷